어떤 경우
어떤 미로

어떤 경우, 어떤 미로

지은이 소홍진

리디아플랜
LEADIA PLAN

차례

젊은 날, 현실의 무게에서 · 007
때론 단잠에 빠져도 좋아 · 019
다시 시작된 길에서 · 027
참을 수 없는 존재의 무게 · 045
저 너머에서 이어진 인연 · 055
현실과 이상 사이 · 067
멈출 수 없는 이야기 · 077
새롭게 찾아온 기회와 위기 · 089
다시 시작된 여행 · 107
다시 써 보는 기억의 습작 · 115
잊고 지낸 기억과의 조우 · 123
두려움은 현실이 되고 · 139
기착점에서 · 151
환승 시간 · 163
마음의 집으로 · 171
서로를 향한 길 · 183
재회 · 195

작가의 말: 귀로 · 207

젊은 날, 현실의 무게에서

*

 새벽하늘이 발그레한 낮빛으로 평화롭던 들녘의 긴 잠을 깨운다. 그럴 때면 어김없이 아버지의 오래된 경운기가 털털 소리를 내며 시동이 걸리고, 이내 부엌에선 달그락거리며 어머니의 분주한 아침을 준비하는 소리가 흘러나온다.
 그가 이곳에 집을 구한 건 단지 이 때문이었다. 서울에 있는 대학에 입학하기 한 달 전, 집을 구하고자 서울과 고향집을 왕복하기를 몇 차례 하던 와중에 마침 서울역에서 차로 1시간 정도 떨어진 곳에 살고 있다는 고등학교 친구와 연락이 닿았고, 그 친구 집을 다녀오던 길에 비교적 넓은 개간지 어디쯤에서 흙먼지를 일으키며 달리고 있는 경운기 소리를 듣게 된 것이다. 이는 흡사 아버지의 40년 지기 경운기 소리를 빼닮았다 싶었다. 그 소리가 한동안 잊고 지내야 할 고향을 생각나게 했다. 학교와의 거리도 버스로 30분 정도여서 더할 나위 없이 좋았다.
 오늘도 그는 마음으로 그 소리를 그리며 좁게 난 창문을

열었다. 제법 맑고 시원해진 새벽 공기가 이마에 와 닿더니 몽롱한 그의 정신을 깨운다. 그러자 환각처럼 새벽일을 마치고 돌아오는 아버지의 경운기 소리가 들리고, 때맞춰 어머니가 차려내신 진한 된장국 냄새가 훈훈하게 풍겨 왔다.

 그는 어젯밤 걸어둔 옷가지를 걸치며 흐트러진 매무새를 가다듬었다. 거울 앞에 서서 세안은 건너뛸까 하다가, 비누 하나로 거칠게 세수하시던 아버지 모습이 비쳐 어쩔 수 없이 세면대로 향했다. 찬물을 찰싹찰싹 얼굴에 적신 후 머리카락과 얼굴을 매만진 그는 그제야 거울에 비친 부모님을 평안하게 마주할 수 있었다. 그는 천천히 영혼의 배가 차오름을 느끼며 현관 밖으로 나섰다.

 그 시각, 도시의 아침은 검게 그을린 아궁이 속마냥 퇴색해 보이기가 그지없다. 옥탑방에서 좁게 난 계단을 천천히 내려가던 그는 숨이 멎을 듯한 도시의 적막감을 이기지 못하고 잠시 2층 계단참에 섰다. 오늘따라 지독히 밀려드는 쓸쓸함이 어디에서 시작된 것인지 알고 싶어졌기 때문이다. 그러자 밤새 중력에 붙들려있던 소리들이 그제야 발버둥 치며 들려오기 시작했다.

 바로 앞 좁은 도로를 달리던 트럭이 과속방지턱을 만나 덜커덩하며 지나가는 소리, 그 소리에 놀란 개가 컹컹대며 짖는 소리, 교차로에서 서로 먼저 가겠다고 빵빵대는 소리, 그리고 더 멀리 어느 공사 현장에서 두두두두 땅을 뚫는 드릴 해머 소리, 캉캉대는 쇠망치 소리……. 질서 없이 흐르는 소리가 익숙함으로 둔갑하고 그의 귀에 꽂힌다.

 내면에서 깊어져 가던 시름이 일어낸 바람이란 걸 알아차린 그는 자신을 고립시켜 정신적 풍요를 좇는 가운데서도 이

렇게 불쑥 고독을 느끼며 사람 사는 소리를 그리워하는 자신이 참 모순적이다 싶어 냉소를 피씩 흘렸다. 지하에서 풍기는 썩은 곰팡내와 이기적인 도시의 이면 냄새를 흠뻑 들이마시며…….

버스정류장에 당도하자, 밤사이 철저히 고독으로부터 이겨 낸 사람들이 이를 고백이라도 하듯 우수에 젖은 모습이 보인다. 그런 그들과 눈을 마주치지 않으려 그는 눈길을 발끝에 모았다.

이윽고 버스가 도착하고, 정면을 응시하며 오르는 그에게 버스 기사가 어서 오세요, 하며 반갑게 인사했다. 으레 하는 인사라고 치부한 그는 무시한 채 곧장 버스 안으로 걸어 들어갔다. 그런 그의 뒤로 승객들이 차례차례 맞인사하며 오르는 소리가 들렸다. 시선은 마주치지 않은 채. 그 소리가 왠지 그를 더욱 외롭고 쓸쓸하게 만드는 것처럼 느껴졌다.

언제 인사를 했다고, 배신감에 휘둘린 채 좌석 제일 뒤쪽까지 걸어 들어간 그는 비교적 텅 빈 좌석의 칸을 메워 앉았다. 좌석의 좌우 균형을 맞추고자 선택한 자리였지만, 그 자리는 언제나처럼 왼쪽이다.

그는 오랫동안 버스 왼쪽 좌석을 선호해왔다. 대학 수능시험을 치르던 날, 그날은 더 큰 행운이 따라줬으면 하는 마음에 딱 한 번 오른쪽 좌석에 앉은 기억이 있다. 하지만 그날 운은 기대했던 것만큼 미치지 않은 정도여서, 그 뒤로 그는 두 번 다시 오른쪽 좌석에 앉지 않았다. 만차여서 좌석이 없을 때면 버스를 부러 놓쳐서라도 왼쪽 좌석에 기어이 앉고야 말았다.

오래된 루틴대로 오늘도 몸을 맡긴 그는 방금 저들이 보여

준 서로를 잇는 듯한 고리는 싹둑 잘라버렸다. 그리고 버스 몸체에 더욱 밀착하곤 더는 아무 생각이 들지 않도록 온몸을 다해 방어했다.

학교 앞 정류장에 내리자 줄지어 선 버스들이 내뿜는 연기가 빈속을 메스껍게 했다. 겨우 참아내고 학생들로 보이는 인파 속으로 스스럼없이 걸어 들어갔다. 아직 새벽어둠이 가시지 않은 거리에서 단지 누군가의 발에 걸려 넘어지지 않을 정도의 거리만을 두고 따라 걸었다.

물살에 휩쓸리듯 정문을 통과하고 나니 그 많던 학생은 모두 사라지고 그가 가는 길목엔 네댓 명만이 보였다. 하긴, 새벽 6시 30분이면 비교적 이른 시각이긴 했다.

시간의 경쟁에서 잠시나마 우위를 점했다는 기분에 젖어든 그는, 학생들이 비교적 다니지 않는 학교 담장을 따라 난 길로 접어들었다. 주변 주택가 건물을 시야 아래로 두고 조망할 수 있는 길이다. 중력을 그대로 받는 황토색 흙길이 난 길이다. 수령 백 년은 족히 넘었을 침엽수가 시원한 아침 그늘을 내어주는 길이다. 그는 길 같이 난 이 길을 오늘도 힘내 걸어보려 한다.

그때다. 그를 부르는 소리가 들린 건.

"경우! 어이~, 하경우!"

소리 나는 쪽으로 흘깃해 보니, 같은 과 단짝 동기 민석이 책이 다 빠져나간 가죽가방을 어깨에 걸치고 잰걸음으로 그를 향해 걸어오고 있었다. 희세의 낭만이 섞인 목소리, 뽀얀 우윳빛 피부, 180센티미터가 넘는 훤칠한 키에 맵시 나는 이 녀석을 보노라니 정말이지 멋지다 싶다. 그런 민석의 뒤를 언제 저만큼 떠올랐는지 설익은 아침 해가 건물 사이를

비껴들고 있었다.

 대학 입학 무렵, 수석으로 입학했다는 민석과 둘도 없는 친구가 된 건 그에게 큰 행운이었다. 시골에서도 두메에서 올라와 볼품이라곤 순박해 보이는 것 외 없던 그에게 민석이 먼저 적극적으로 다가와 준 덕분에 단짝 같은 친구가 됐고, 지금은 나름 도시적인 이미지도 장착하게 됐다.

 그런 민석이 거듭 그를 부르며 쫓아왔다. 하지만 오늘 그는 민석을 마주할 용기가 나지 않는다. 그와의 거리가 점점 좁혀질수록 왠지 모를 시새움은 커지고 두려움으로 변해가는 것이 느껴졌다. 그는 그만 못 들은 척할까 고민하지 않을 수 없었다.

 그러다 이내 마음을 가다듬고 입꼬리를 찬찬히 끌어올려 민석을 맞을 준비를 했다. 그와의 거리가 지척에 이르자 반갑다는 시늉까지 해 보이는 그다.

 "어, 그래! 잘 다녀왔냐?"
 "당연하지. 한번에 합격했다는 거 아냐. 하하."
 민석이 우쭐대며 말했다.
 "축하한다. 홀가분하겠네?"
 "응. 속이 다 뻥 뚫리네. 너도 곧이지? 언제 발표야?"
 "내일."
 "금방이네. 좋은 결과 있을 거야. 경영이 무슨 답이 있는 것도 아니고. 소식 오면 알려 줘!"

 그 말에 그는 이타적 호르몬을 최대한 짜내 심드렁하기 그지없는 목소리로 알았다고만 답했다. 그러자 부정할 수 없는 초조함에 미세한 경련이 이는 그의 입가를 바람이 쏜살같이 훑고 지나갔다. 찬란하리만치 마음이 들뜬 민석은 그런 그의

앞에서 쌜룩대는 입을 애써 부여잡고 있었다. 거둬진 줄임표는 둘 사이의 우정을 짐작하고도 남을 만큼…….

이틀 전, 민석은 S 공사 공채에 최종 합격했다는 통보를 받았다. 이는 같은 과 동기들 사이 삽시간에 퍼졌고, 돌연 대학 4년간 과 수석을 놓치지 않던 그에게로 관심이 쏠렸다. 그때까지 면접시험 한 번 통과하지 못한 그로서는 여간 불편하고 착잡한 일이 아닐 수 없었다. 이는 짐짓 그를 외면한 동선으로 이어졌다.

마른침을 삼키며 그는 독서실 앞 육중한 시계탑을 바라봤다. 아침 7시.

"도서관 가는 길이지?"

잘 알면서도 민석은 물어왔다. 그는 지지 않을 자존심으로 무장한 채 잠자코 고개만 끄덕였다. 바람은 그런 그를 향해 더욱 매섭게 달려들어 헛헛한 가슴을 송곳처럼 파고들었다. 가슴 속이 시리다 못해 아렸다. 민석이 그런 그의 어깨에 손을 얹으며 말했다.

"있다 보자."

한동안 잊고 있던 민석의 따스한 손길이다. 그리곤 민석은 아까와는 조금은 다르게 느릿한 걸음으로 길섶을 구르는 낙엽을 짓이기며 어딘가로 향했다. 부썩대는 낙엽이 그가 지나간 자리에서 분분히 날리다 멈춘다. 함께 가곤 했던 이 길을 오늘은 동행하지 않을 모양이다.

일순간 경직된 듯, 고작 자존심에 친구의 손을 놓아버린 느낌이 들어 그는 메마른 손을 거칠게 비벼댔다. 그래, 잠시만이야……. 이런 그의 행동이 서로에 대한 배려라고 일침 어린 눈썹을 올려본다.

도서관 광장에 도착한 그는 커피 자판기 앞에 섰다. 자판기 입구는 이미 많은 학생이 다녀간 흔적들로 흥건히 젖어 있었다. 동전 한 닢에 따라진 커피를 꺼내든 그는 이번엔 탄환을 장전하듯 담배 한 개비를 꺼내 물고 주변을 경계하는 시선으로 둘러봤다. 하지만 그런 그에게 그 누구도 눈길 하나 주지 않는다. 인적이 있어도 없는 듯한 공간, 서로를 향한 무심함에 자칫 공포스럽게까지 느껴지는 거리의 벽, 그만 일각의 소용돌이는 흩어지지 못하고 광풍이 되어 그를 흔들어댄다. 바람에 필터까지 타올라 매캐한 연기가 미간을 찌푸리게 했다.

탄환에서 아무런 효력도 얻지 못한 그는 목울대를 짓누르는 무력감을 그대로 안은 채 열람실로 들어가야만 했다. 한 대를 더 피웠어야 했는지…….

칸칸 사이로 집착과 고뇌에 빠진 청춘들의 고개 숙인 모습이 보인다. 사방이 온통 회색빛으로 둘러싸인 건물 안에 빼곡히 들어앉은 그들 사이를 그도 비집고 앉았다. 멀찍이서 보면 누가 누구인지 알 수 없는 비밀스러운 공간이다. 이곳에 오기 위해 다들 매일같이 세수하고, 옷을 갈아입고, 거울을 보고, 밥을 먹는다. 그는 또 30분이란 시간 동안 버스를 탄다. 오는 동안 황금빛 여명을 통과하고 오르락내리락 길을 따라 걷지만 그뿐이다. 희망이란 두 글자는 여전히 멀게만 존재하기에…….

딱딱한 의자에 앉으니 적이 피로가 몰려와 그는 양다리를 쭉 뻗고 등을 힘껏 밀어젖혔다. 꺼내든 책장을 단 한 장 넘기지도 못하고 그렇게 멍하니 앉아 있기를 1시간. 이런 그를 압박해 오는 건 벽에 걸린 제꺽거리는 시계 소리. 시계추를

곧 세우듯 엉덩이를 좌우로 움직여 보지만 아무려나 시간은 새치처럼 돋아났다.

 힘겨운 4시간을 털어내고 점심을 먹으러 나설 때쯤, 책상 위엔 어느새 자판기 종이컵이 꽈리를 틀고 앉았다. 어디로 갈까. 갈 곳이 정해져 있지만, 그가 가야 할 곳이란 생각이 들지 않는다. 어느덧 해는 중천을 지나 그늘을 내리며 얼마 남지 않은 오후의 시간을 즐기고 있었다.

 오후 2시를 넘기자, 동기들도 피난처를 찾아 하나둘씩 모여들기 시작했다. 이미 입사 합격 통지를 받아놓고 이를 자랑삼아서 들린 동기도 있고, 아직 갈 곳을 정하지 못해 위안이라도 삼을 심정으로 온 동기도 있다. 이들 대부분은 열람실 의자에 앉아있기는 한두 시간일 뿐이고, 열람실 밖에서 서로의 이야기를 공유하기에 바빴다. 개중 일부는 그를 알아보고 다가오기도 했지만, 수심이 드리워진 그의 그림자를 읽었는지 물음표만 남기고 돌아섰다.

 그런 동기들의 오고 가고 하는 모습을 보고도 못 본 척, 이따금 슬쩍슬쩍 훔쳐보며 보낸 오후는 그리 지루하지 않았다. 그가 잠시 자리를 비울 때면 간간이 음료라든지 간식거리를 올려둔 동기도 있었다. 또 이따금씩 파이팅을 외치는 문자를 보내주기도 했다. 고마움에 답장할까 하다가 그만 생각을 접었다. 한 번 붙여진 말꼬리는 두어 번은 왔다 갔다 해야 끝나는 법이기에. 궁핍한 그의 지금 심정을 이 이상 들키고 싶지 않기에…….

 적당한 무료함 속에 간간이 역설적 재미가 오간 오후.

 5시가 다 되어서야 그는 책가방을 추슬렀다. 배달 아르바이트하러 가야 할 시간이다. 얼마 안 되는 책을 가방에 챙겨

넣는 동안 핸드폰 화면을 살폈다. 기다리는 문자는 당연히 오지 않은 상태다. 발표날이 내일이긴 하지만 적이 불안감이 가중했다. 들킬세라 먼지처럼 털어내고 그는 가방 어깨끈이 흘러내리지 않도록 목선 가까이 더욱 집어 올렸다. 그리곤 배달 앱을 켰다.

  그러자 때를 맞춘 듯 열람실 곳곳에서 여러 학생이 가방을 메는 모습이 펼쳐 보인다. 다들 지금의 신분을 유지하기 위해, 하루 끼니를 해결하기 위해, 헛헛함을 달래기 위해 배달하러 가는 시간이다.

  그의 오늘 목표 배달 건수는 10건. 3만 원 남짓한 돈이 수중에 들어올 양이다. 그래도 이 정도면 치열한 배달 아르바이트 세계에선 목돈인 셈이기에 그는 뜀박질하며 배달음식점으로 향했다. 한낮 동안 푹 꺼진 눈꺼풀도 이 순간만큼은 다시 살아나 가로등 아래 불나방 같다.

  그렇게 가게와 집을 이어 달리는 사이, 도시의 사람들은 너나없이 귀가해 하나둘씩 형광등을 켠다. 배달의 문이 열리고 닫히는 사이, 한편에선 시크무레한 땀 냄새가, 또 다른 한편에선 이제 막 풀어헤친 소박하고도 아늑한 배달 음식 냄새가 풍겨 나온다. 도시의 공간 모두 온갖 음식 냄새로 뒤엉켜 가장 따뜻해진 시간이다. 어쩌면 그 빛을 좇아 달리고 있을 그의 등 뒤로 도시의 네온이 이기적이라 할 만큼 밝고 환하게 내비치고 있다.

때론 단잠에 빠져도 좋아

 다시 찾아온 새벽에 푸르스름한 빛이 그의 자취방을 드나든다. 암막 커튼을 뚫고 비치는 저 빛은 이 방안에서 삼을 수 있는 유일한 길잡이다. 새벽 두세 시가 넘어서야 겨우 잠이 든 그였지만, 자동으로 스위치가 켜진 듯 몸이 일으켜졌다. 커튼을 열어젖히자, 도시의 건물에도 하나둘씩 암울한 빗장을 풀어헤치는 모습이 보인다. 하지만 이 시각 그가 할 일이라곤 없다. 그저 두 눈을 멀뚱멀뚱 뜨고 가슴 졸이며 시곗바늘이 째깍째깍 움직이는 소리를 들을 뿐이다.
 그는 다시 이부자리에 누웠다. 결과가 확인될 때까지 잠으로라도 하릴없는 시간을 때워보자 싶었다. 별로 나쁘지 않은 선택이라 생각하고 눈을 감았다.
 하지만 주위가 점점 제빛을 찾아가기 시작하자 눈언저리로 따사로운 실빛이 스며들며 사춘기 소년마냥 자신의 존재를 끊임없이 의심하는 상태가 됐다. 지금 내가 있는 곳이 정말 내가 속한 세계인지, 지금의 나는 정말 나인지, 내가 지금

생각하고 바라보는 것들은 정말 나로부터 시작된 것인지……. 여느 사물과 다름없이 윤곽을 드러내 이 자리에 있으나 마음이란 놈은 제 자리를 찾지 못했음에 태양이 이를 눈부신 빛으로 감싸안으려는 듯한 느낌을 지울 수가 없었다.

다시 눈을 떴다. 복잡했던 생각은 순식간에 사라지고 방 안은 온통 새하얀 빛이 내려앉았다.

어쩔 수 없이 벽에 기대앉은 그는 핸드폰 화면을 살폈다. 덧없는 상념에 빠져 있었어도 시간은 그래도 흘러 아침 8시 30분. 여전히 이른 시간인지라 기다리는 소식은 없다. 대신 무엇을 그토록 알리고 싶은지 소셜미디어 채널에 새롭게 등록된 글을 알리는 메시지가 무음의 축복하에 수두룩 쌓여 있었다. 하나같이 같잖은 자랑질일 거라고 치부하면서도 링크를 하나씩 따라가며 염탐해 보는 그다. 그리곤 금세 인정해 버리곤 만다.

눈부신 속도로 빠르게 돌아가는 세상. 아무 소리 없이 어제와 다른 오늘을 보여주는 세상. 그리고 거기에 올라타려는 수많은 청춘들의 노력……. 그에 비한다면 자신은? 아무 활동도 하지 않고 그저 눈팅만 하고 있지 않은가! 이들과 같은 속도를 내기 위해서만이라도 얼마나 더 부지런해져야 하는 건가…….

그러자 전에 없던 자괴지심마저 찾아 들며 불쑥 화가 치밀어올랐다. 그리고 다시, 지체 없이 경멸해 버리고 마음을 곧추세우자, 다짐하며 이글거리는 태양을 정면으로 바라봤다. 더는 눈부신 찬란함에 자신의 존재를, 지금까지 애쓴 노력을 망각하지 않으리 하며…….

다시 핸드폰을 들여다봤을 땐 '합격'을 알리는 메시지가 도

착해 있었다. 그토록 절박하게 기다리던 문자였건만, 조각난 그의 마음은 쉬이 거둬들여지지 않았다. 그리곤 며칠 전 면접 본 당시가 천천히 떠오른다.

"우리 회사에서 이루고자 하는 목표가 뭔가요?"

가운데 앉은 면접관이 먹이를 코앞에 둔 강아지를 대하듯 첫 질문을 던져왔다.

"저의 성향은 리더의 강인함과 유려함을 지녔기에 귀사가 구하는 인재상에 적합하다고 판단합니다. 저는 이를 발판 삼아 개인으로서의 성장뿐만 아니라 귀사의 장기적인 성장까지 도모하고 싶습니다."

이 말이 끝나기가 무섭게 그는, 강아지가 주인 앞에서 꼬리를 흔들다 말고 그만 오줌을 지린 것처럼 바짓가랑이 사이가 축축하고 뜨끈뜨끈해져 오는 것이 느껴졌다.

다음 면접관이 물었다.

"경우 씨에게 '성장'이란 어떤 의미인지 묻고 싶습니다."

성장이란 사용자의 의도에 따라 다양한 의미를 지닌다. 인간이나 동식물 따위가 자라서 점점 커진다는 뜻도 있고, 규모적인 측면에서 커진다든지 능력적인 면에서 발돋움한다는 의미도 지닌다. 면접관은 분명 이 모두를 아우르는 대답을 정답으로 두고 점수를 매길 것이다. 그가 면접관이었더라도 이런 밀도 있는 질문을 준비했을 게 분명하니까. 그는 당연한 질문이라는 듯 고개를 끄덕여 보이며 답변했다.

"회사의 성장과 일맥상통합니다. 회사의 성장이 곧 저의 성장으로 이어지기 때문입니다. 하지만 저는 더 나아가 회사의 성장을 견인하는 역할로의 성장을 추구합니다."

그러자 3명의 면접관이 서로의 얼굴을 마주 보며 흡족해

마지않는 의견을 교환하는 것이 보였다. 만족스러운 대답이란 거겠지, 하고 내심 추측한 그는 이번엔 무조건 합격해 내고야 말겠다는 각오로 자세를 고쳐 앉았다.

그 옆의 면접관이 이번엔 물었다.

"우리 회사는 현재 디지털 전환기에 놓인 많은 회사를 상대로 경영 컨설팅을 진행하고 있습니다. 이를 성공적으로 수행해 내기 위해서는 그에 걸맞은 능력을 갖췄을 뿐만 아니라 10년 후를 내다보는 안목까지도 갖춘 인재가 필요한데, 본인이 그런 경우에 해당한다고 생각하시나요?"

이는 분명 그가 지금껏 어떤 능력을 키워왔고, 빠르게 변화하는 현실에 대응할 만한 적극적인 자세를 갖췄는지, 혹은 미래를 내다보는 안목을 지녔는지를 파악해 보고자 하는 질문임이 틀림없다고 판단했다. 모의 면접을 통해 여러 차례 테스트해 본 그였기에 이번에는 더욱 자신 있는 목소리로 대답했다.

"경영엔 답이 없다고들 하지만, '기업의 주치의'라고 불리는 경영 컨설턴트에게 있어 통찰력과 트렌드를 읽는 안목은 필수라고 생각합니다. 그렇기에 저는 코딩, 메타버스, 빅데이터 등 디지털 플랫폼 기술을 기본적인 소양으로 쌓고자 학기 중 이수 학점 이상으로 교육과정을 밟았습니다. 이 외에도 다독으로 끊임없이 세상을 보는 눈을 넓히고자 노력했으며, 이런 저의 노력이 귀사에 강한 경쟁력의 원천이 되어 주리라고 확신합니다."

그런데 어찌 된 영문인지 면접관이 그만그만하다는 표정을 짓는다. 본 질문을 한 면접관은 미간을 살짝 찌푸리기도 했다. 대답이 시원찮다는 건가?

잠시 생각을 모둘 겨를도 없이 이번엔 부수적인 질문을 이것저것 던져왔다. 외부 활동으로는 어떤 걸 했는지, 직접 디지털 플랫폼이든 소셜 채널이든 운영해 본 경험은 있는지, 어학연수라든지 해외여행을 다녀온 경험은 있는지 등을 말이다.

질의응답은 핑퐁처럼 이어졌고, 그러다 어학연수에서 경험이 전무하단 말에 면접관 모두가 약속이나 한 듯 질의를 멈추고 고개를 심하게 갸우뚱하는 모습을 보였다. 그리고 곧 무언의 하나 된 의견을 주고받는 것이 읽혔다. 잠깐의 싸한 기운이었지만, 이는 다음의 마지막 질문과 답변이 오가는 동안 그의 온 신경을 빼앗아 갔다.

끝으로 면접관은 "업무 수행에 있어 자신을 어필할 만한 것이 있다면 말씀해 주세요"라며 그에게서 마지막 선택의 기회를 살피고자 했다. 아니, 그저 아무 말이나 해보라는 그런 느낌이었달까……. 그 순간 극한의 공간에서 온몸의 털이 쭈뼛 서는 기분을 느낀 그는 재빨리 대청마루 위로 햇살이 따사롭게 내리쬐는 고향집을 떠올렸다. 이 추억을 소환할 때면 잔뜩 긴장했던 몸도 순식간에 풀리곤 했으니까. 다행히 오늘도 그 기대는 저버리지 않았다.

"의지가 있고 그에 따른 노력이 뒷받침된다면 충분히 경쟁력을 갖출 수 있다고 생각합니다. 제게 함께할 기회를 주신다면 유연함으로 유려하게 해낼 자신이 있습니다."

그는 끓어오르는 가래를 끊어내고 마지막 자존심을 힘줘 내비쳤다.

이 기억은 이제 추억이 돼 비상하듯 사라져갈 것이다. 태양은 그사이 더 높이 올라 한 뼘 더 차가워진 11월의 풍경

을 명랑히 비추고 있었다. 그는 다시 커튼을 치고 잠을 깊이 청했다.

그가 다시 눈을 떴을 때는 오후 5시를 넘기고 있었다. 오랜만에 길고 긴 단잠에 취했다는 사실을 깨달은 그는 서둘러 아르바이트를 하러 뛰쳐나갔다. 말간 그의 얼굴이 늦가을 홍시처럼 물들어가는 석양빛 아래에서 점점 더 시푸른 보색으로 물들어 가고 있다.

다시 시작된 길에서

*

  이듬해 3월이 되자 교정에는 늘 그렇듯, 또한 새롭게 봄바람은 불어 들어왔다. 그 사이 동기들이 떠난 자리엔 그들을 대신할 후배들이 생겨났다. 교정이 그리 낯설지만은 않은 이유다. 이제 후배들과 마주치기라도 하면 온몸의 털이 송연히 일어서는 일은 생각할 수 없는 일이 돼버렸다. 지난해 기어코 얻어낸 입사 기회를 그 스스로 져 버리긴 했으나 잘한 선택이라 치부했기에 가능한 일이었다. 대신 뜻 모를 초라함이 사춘기 여드름처럼 여기저기 돋아났다. 여드름이 농익기 전 무언가 결단이 필요해 보였다.
  그는 헤드셋을 끼고 요즘 소위 유행한다는 노래를 흥얼거리며 도서관으로 향했다. 이른 아침이라 그런지 이슬 맺힌 벚꽃이 파르르 몸을 떨고 있었다. 제철에 맞게 피었어도 철 모르게 폈다 지고 만 생물처럼 안타까움이 서린 건 매한가지다 싶다.
  그녀가 홀연히 그의 앞에 나타난 건 그때였다. 꽤나 오랫

동안 짝사랑해 온 같은 과 동기 미로다.

　그는 그녀를 처음 본 순간을 지금도 잊을 수 없다. 대학 합격 후 신입생 오리엔테이션 날, 연보랏빛 스웨터를 입고 버스에 오르는 그녀를 보게 됐고, 그날 처음 보는 동기들에게 스스럼없이 인사를 건네는 모습 가운데서도 스스로를 가둔, 자신을 투영한 듯한 모습을 발견하게 됐다. 겉으론 밝고 쾌활하게 웃고 있지만 속으로는 그 어떤 표정도 실리지 않은, 그것이 현실을 이겨내는 길이라 잘못된 착각에 빠진 그런 자신의 모습을 말이다. 자신의 착각일 수도 있으나, 무슨 연유에선지 눈길은 자꾸만 그녀에게 쏠렸고, 그런 그녀가 소담하게 핀 목련꽃 한 송이 같다고 여겼다.

　그 순간 문득 목련꽃이 떠오른 건, 아마도 시골집 앞마당 그늘진 곳에서 매년 봄마다 새하얀 목련꽃이 피어났기 때문일지도 몰랐다. 그는 목련꽃이 좋았다. 봄이면 맨 먼저 꽃을 피워내 겨우내 메말랐던 마음을 촉촉하게 적셔주고, 놀거리 먹을거리가 부족한 시골에서 산뜻한 즐거움을 안겨줬으니까.

　그녀와 처음 인사를 나눈 건 이튿날 아침에 오른 산 정상에서다. 동기들과 한참의 시간을 벌려 먼저 오른 산 정상에서 그는 홀로 전망에 취해 있다고 생각했다. 그래서 막힘없이 펼쳐지는 광활한 대지의 모습에 목청껏 메아리를 외치는데, 돌아온 소리는 하나가 아니었다. 깜짝 놀라 소리 난 곳을 바라보니, 언제 올랐는지 그녀 또한 휘둥그레한 눈으로 그가 있는 쪽을 쳐다보고 있었다. 그녀도 그와 마찬가지로 적잖이 놀란 눈치였다.

　이도 잠시, 어찌할 바를 몰라 얼쯤해 하는 그에게로 그녀가 싱긋 웃으며 다가와 이렇게 말했다. "여기서 이렇게 아무

에게도 방해받지 않고 산을 조망할 수 있다는 게 너무 황홀하지 않니?"라고. 감미로운 그녀의 목소리가 그를 홀렸다. 바람결에 지워질까, 그는 짧고 굵은 이 한마디만 흘려보냈다. "그러게." 이것이 그녀와 나눈 인사의 전부가 됐다. 삽시간에 동기들이 들이닥치면서 둘 사이는 부유하듯 멀어져 갔다.

그날 이후 그녀가 먼발치서 보이기라도 하면 그는 기분 좋은 마음을 좀처럼 감출 수 없었다. 그 마음은 점점 동경과 설렘으로 번져갔다. 그랬기에 더욱 자주 그녀가 있는 곳을 찾았고, 우연을 빙자해 어떡해서든 그녀의 눈에 띄어보려 부단히 노력했다.

하지만 뒤늦게 알게 된 것이, 신인 배우로 활동하고 있다는 그녀는 언제나 동기들에게 둘러싸여 화제의 중심이었고 그런 그녀 곁에 좀처럼 가까이 다가가기가 힘이 들었다. 또 막상 그녀가 10미터 지척에 있기라도 하면 온몸에 실오라기 하나 걸치지 않은 듯한 기분이 들어 후딱 먼발치로 물러나기 일쑤였다.

그러던 어느 날부턴가 그녀에게도 남자친구란 것이 생겼다 없어지길 반복했다. 이 모습을 멀리서 씁쓸히 바라보면서도 그의 마음과 행동에는 변화가 일지 않았다. 여전히 그녀를 보면 설렜고 그 마음을 감추기에 급급했다. 그리고 정확히 기억하진 않지만, 군대에 다녀온 후 그녀를 찾았을 땐 그녀 옆에 민석이 자리를 꿰차고 있었다.

그날 뒤로 그녀를 향한 마음은 깨끗이 지웠다. 아니, 그러려고 가슴 아프게 노력했다고 하는 편이 맞겠다. 타임머신처럼 언제든 꺼내 볼 수 있는 자리에 있었으니…….

그런 그녀와 생각지 못한 마주침에 놀란 그는 두어 발짝

뒷걸음질 치다 황급히 돌아서 가려 했다. 하지만 이를 눈치 못 챌 거리가 아니었다. 그가 숨을 수 없을 정도로 바짝 다가오더니 어깨를 툭 치며 무시하지 못할 만큼 큰 소리로 말을 걸어왔다.

"어디 가? 도서관 가는 길이니?"

귓가에 정확히 꽂힌 이 말은 그의 심장을 더욱 요동치게 했다. 오랜만이야, 반가워, 하는 그런 흔해 빠진 인사가 아닌, 마치 어제 헤어지고 다시 만난 듯한 그녀의 인사에 도망치려 한 마음도 멈출 수밖에 없었다.

심호흡을 크게 하고선 쭈뼛쭈뼛한 자세로 반가움을 드러냈다. 실은 당장이라도 그녀를 꼭 끌어안고 한껏 반가움을 표현하고 싶었지만…….

"어, 미로야. 와, 여기서 보다니 정말 반가워."

그녀의 눈빛을 정면으로 바라보기란 쉽지 않았다. 그런 그와 달리 그녀는 마치 어제 만난 것처럼 깃털 같은 말을 이어갔다.

"도서관 가는 길이면 나도 같이 가자."

그가 도서관 가는 길인 걸 어찌 안 건지……. 이 말은 떠올리기라도 하면 그저 답답하기만 한, 지난 6년간 짝사랑의 아픈 상처를 메우기에 충분했다. 민석과는 여전히 잘 지내고 있는지, 아니면 조금의 기대로 그와 헤어졌는지, 이도 아니면 또 다른 남자를 사귀고 있는지, 이 모두 전혀 궁금할 게 못 됐다.

그녀의 입술에서 흘러나온 활짝 핀 목련꽃 향기가 바람을 타다 말고 그의 코끝에 진하게 앉아 스며든다. 진짜 봄이구나, 싶다.

"학교엔 웬일이야?"

용기 내 건넨 첫 질문이 스스로도 탐탁잖다.

"나 얼마 전에 학교 행정실에 인턴으로 들어갔잖아. 도서관 가는 길 맞지?"

"맞긴 한데…… 그 전에 강바람이나 좀 쐴까 하고 가던 길이었어."

"그래? 나도 같이 갈래."

"Y 대교까지 갈 건데, 시간 괜찮아?"

"학교 후문으로 이어지는 길 말이지? 당연히 괜찮지. 우리 정말 오랜만에 만났기도 했잖아."

"응."

그는 못내 반가운 마음을 숨기며 성큼성큼 학교 후문을 향해 앞장섰다. 내딛는 발걸음에 그의 온 마음이 쏠렸는지 마치 봄날에 꽁꽁 언 얼음이 바지직하고 깨지는 소리가 났다. 지나가던 학생들이 뭔 일인가 싶어 한 번씩 그를 쳐다보는 시선이 느껴졌지만 개의치 않았다. 그런 그의 뒤로 그녀가 뒤처지지 않으려 뜀박질하듯 따라오고 있었다. 하지만 그의 걸음걸이 속도는 좀처럼 늦춰지질 않고 되레 더욱 빨라졌다.

등 가운데로 열기가 후끈 달아오를 때쯤 되어서야 걸음은 차츰 느려지고, Y 대교 남단으로 향하는 초입에 당도하게 됐다. 그때까지 아무 말 없이 걷기만 한 그였는데도 그녀는 아랑곳하지 않고 쫓아와줬다. 그가 멈춰 서서 그녀를 바라보자 그녀가 빙그레 웃으며 숨을 크게 내쉬었다.

"남단 가까이 가면 카페 하나가 있어. 커피 마실래?"

"좋지. 자주 가는 곳이야?"

"아니. 나도 처음이야. 지나가다 봤는데 카페 안에서 바라

보는 조망이 괜찮겠더라고."
"그래? 기대되는걸."
그녀는 나들이 나온 강아지마냥 둘레길을 좌우로 살피며 설레 했다.
대교로 난 자전거 코스엔 이른 시간임에도 많은 사람이 라이딩을 즐기고 있었다. 그들의 곁을 쌩하고 지나갈 속도로 거침없이 페달을 밟아대는 사람도 있고, 그들의 걸음걸이만큼이나 느린 속도로 페달을 밟으며 한강 둔치의 바람을 즐기는 사람도 있었다. 그 옆으로 난 고속도로 위를 자동차들이 끝을 모를 정체 속에서 가다 서기를 반복하고, 저 멀리 레일 위로는 열차가 일정한 속도로 빠르게 달리고 있었다.
저 중에 하나만 올라타면 될 것을……. 물론 그날은 그러지 않았기에 오늘 이렇게 그녀를 만나는 뜻밖의 행운이 찾아왔는지도 모르겠다. 또 한편으론 더 좋은 길을 찾으려 땅 위로 몸을 내밀었다가 그만 길바닥에서 꿈틀대다 메말라 죽는 꼴이 될지도 모른다. 결국 선택은 그의 몫이었고 그 결과가 지금 이렇다는 생각에 미친다.
사방이 유리로 된 10평 남짓한 카페 안으로 들어섰다. 이 시각 손님 받기는 처음인지, 카페 여주인이 당황한 눈빛이다.
"문을 연 지 얼마 되지 않아서 지금 가능한 메뉴가 많지 않아요. 괜찮으실까요?"
"따뜻한 음료라면 뭐든지 좋아요."
그랬더니 여주인은 화색을 띠고 우리집 커피가 맛있어요, 하며 테이블로 안내했다.
두 사람이 자리에 앉자, 여주인은 메뉴판을 갖다주며 좀전의 어색한 분위기를 전환하고 싶었는지 테이블 한쪽 신문지

에 싸인 꽃을 가리키며 말했다.

"새벽 꽃시장에서 사 온 봄꽃이에요. 튤립, 히아신스, 두리안, 수선화, 프리지어, 이렇게요. 어때요? 향기롭지 않나요?"

두 사람을 번갈아 보며 말하자 그녀도 화답하듯 기분 좋은 목소리로 말했다.

"마치 화원에 온 거 같아요. 따뜻한 아메리카노 두 잔 괜찮을까요?"

그녀는 메뉴판을 보진 않았다.

"그럼요. 지금 치즈케이크도 주문 가능한데, 그것도 함께 주문하시겠어요?"

고개를 끄떡하자 여주인은 돌아갔고, 그녀는 기다렸다는 듯 한 손으로 입가를 가리고 마치 비밀스러운 이야기라도 하는 양 나지막이 속삭였다.

"실은 치즈케이크는 괜찮다고 말할까 하다가 그냥 주문했어. 괜찮아?"

그와 상의 없이 주문한 것이 마음에 조금 걸렸던 모양이다.

"뭐 대수로운 일이라고. 그럼, 괜찮지. 나도 그렇게 주문했을 거야."

그도 가만한 소리를 냈다. 그랬더니 그녀가 역시 넌 변함없네, 하며 중얼거렸다. 무슨 의미인지 모르지만 그리고 나서 둘은 서로를 보며 싱긋이 웃었다.

어느새 소소한 만찬을 즐기게 된 두 사람. 하지만 둘 다 음식에 쉽사리 손을 대지 않았다.

"학교에 나오고 있는 줄 몰랐네" 하며 그가 먼저 입을 뗐다.

"응, 그렇게 됐어. 난 네 소식 가끔 전해 들어서 알고 있었는데, 오늘에서야 이렇게 보게 됐네. 한번은 마주치겠지 하고 생각은 했어."

"그랬구나. 어떻게 내 소식을 알지? 민석이 말곤 어디 말한 적이 없는데. 하하."

그는 모르는 척했다.

"그나저나 너, 공채 합격을 하고도 입사 안 했다며?"

"어……."

"대기업을 포기하다니, 왜 그런 거야? 누구나 쉽게 얻는 기회가 아닌데. 왜? 정말 왜 그런 결정을 한 거야?"

진심으로 궁금하다는 듯 그녀가 재차 물어왔다. 그 눈길을 피할 수 없다고 여긴 그는 전말을 털어놓기로 했다. 이런 일 정도야 그녀에게만큼은 숨기고 싶지 않았다.

"그게 말이지, 지금까지는 내가 그리하길 아버지가 바라신다고 생각했거든. 그런데 막상 합격 통보를 받고 나니 아버지 뜻은 핑계고 나 스스로 만든 길이라는 생각이 들더라고. 그마저도 분수에 맞지 않는 옷을 입으려 한다는 생각이 들어서."

"분수에 맞지 않다니, 그게 무슨 말이야?"

"면접을 보면서 확실히 느꼈어. 내 삶의 반경이 좁았다는 걸. 다들 유학도 다녀오고 배낭여행도 다녀오고 했는데 난 그러질 못했잖아. 주입식 교육엔 특화됐다고 볼 수 있지만."

"그런 널 인정했으니, 회사에서 뽑은 거지."

"물론 기회를 준 건 맞지. 하지만 들어갔어도 분명 도태되고 말았을 거야."

"해보지 않고 미리 포기하는 건 정말 어리석은 행동이야."

"아니, 포기가 아니야. 지금이라도 나한테 맞는 옷을 찾아보려는 거야. 그래서야."

자신의 선택에 이유 있음을 그는 증명해 보이려 했다. 자신이 내린 최선의 결정이 옳았음을 그녀에게서만이라도 이해를 구하고 싶었다.

그녀의 동공이 나팔꽃처럼 활짝 피어나며 작게 고개를 끄덕이는 것이 보인다. 뜨거운 커피도 그만 식었는지 모락모락 피어나던 연기는 차츰 사라지고 있었다. 조금은 그녀에게서 이해를 구한 것 같아 몰래 안도의 숨을 몰아쉰 그는 커피잔을 들어 올려 입 안 가득 한 모금 들이마셨다.

그녀가 포크를 케이크로 천천히 옮기다 말고 다시 물었다.

"매일 도서관 가서 공부한다고 들었는데, 준비하고 있는 건 뭐야?"

"공무원 시험. 아버지 몸도 편찮으시고 당신 곁에 계셨음 하셔서. 그게 현재로선 나도 아버지도 여러모로 만족시킬 만한 일이 아닌가 싶어서. 아, 물론 무조건 이거다 하는 건 아니야. 고등학생 시절 추억도 돋울 겸 새롭게 공부해 나가면서 여러 길을 열어 두고 생각해 보려 해."

막상 모든 생각을 터놓고 보니 알맹이는 없고 빈 거죽만 남겨진 느낌이었다. 이젠 오히려 그녀가 자신이 그런 선택을 한 이유를 찾아줬으면 하는 회피적인 생각마저 스민다. 그런 자신을 그녀가 어떻게 생각할지, 시선 둘 곳을 잃어버린 그는 연신 커피를 마시다 창밖 애먼 사람들을 바라봤다.

그런데 한참 동안 그녀가 아무 반응이 없다. 이상하다 싶어진 그는 슬쩍 그녀를 넘겨봤다. 그녀는 잠잠이 그의 다음 이야기를 기다리고 있는 눈치였다.

"처음엔 흔히들 성공의 잣대로 삼는 대기업에 지원한 거였는데, 막상 회사에 출근한다고 생각하니 기쁘거나 설레는 마음이 들지 않더라고. 그게 과연 성공인지 하는 의문도 들고. 요즘 세대들은 자신이 즐기는 일을 하는 와중에 워라밸까지 챙긴다잖아. 난 줄곧 내 삶의 반경에서 읽힌 성공의 잣대에 맞추려고만 했지, 내가 좋아하는 일이 맞는지, 새롭게 무언가에 도전해 보겠다고 생각한 적은 없었던 거 같아. 같은 세대인데도 전혀 다른 세대처럼 살아온 거지."

잠시 숨을 고른 그는 말을 계속해 나갔다.

"꼭 내가 바라서랄 것까진 없지만, 아버지가 바라시는 모습을 찬찬히 갖춰가도 좋겠다는 생각이 들었어. 그러면서 내가 진정 원하는 것이 무엇인지 생각해 보려 해."

"어찌 보면 나랑 비슷한 것도 같아."

그의 이야기를 잠자코 듣고 있던 그녀가 비로소 입을 열었다.

"어떤 점에서?"

그의 질문에 그녀는 바로 대답하기를 멈추고, 테이블에 놓인 케이크를 한 입 떠서 먹었다. 서로를 깊이 알지 못하고 지내온 만큼 침묵 속에 기다림이 필요해 보였다.

잠시 후 케이크의 달콤함에 어느 정도 위안을 느꼈는지 그녀가 지금껏 남몰래 숨겨온 사실이란 것을 환기시키며 사연을 털어놨다.

"부끄럽게도 난, 우리 과에 들어올 수 있었던 게 아버지가 짜맞춘 철저한 계획 때문이었어. 진짜 내 실력대로는 어림도 없지. 게다가 내가 바라던 전공도 아니고. 모두 아버지의 희망사항이었어. 신인 배우란 거 그것도 거짓말이야. 아버지가

내게 씌운 가짜 프로필이지. 아버진 한때 배우가 꿈이셨던 엄마를 위해 내게 그런 가짜 역할을 맡길 필요가 있었나 봐. 난 그냥 거기에 순순히 응했던 거고. 뭐, 물론 여기엔 말 못할 사정이……. 많이 놀랐지?"

실로 적잖은 충격을 받은 그였지만 어, 뭐, 그렇지…… 하고만 중얼거렸다. 잠깐 한숨을 돌린 그녀는 푸념 섞인 이야기를 혼잣말처럼 이어갔다.

"내겐 내 삶다움이란 게 없었어. 그렇지만 내가 선택한 길이니까 그것이 옳다는 걸 증명해 보이고 싶었지. 하지만 제 갈 길을 가고자 열심히 노력하는 동기들을 보면서 크게 잘못됐다는 거, 과분한 욕심이었단 걸 깨닫게 됐어. 때늦은 반항을 시작한 거지. 이미 친구들은 내 곁을 떠나 졸업식을 쓸쓸히 혼자 보내야 했지만 말이야."

그녀는 씁쓸한 표정을 감추지 않았다. 그런 자신에게 화가 난다는 듯 투덜대며 얘기를 마저 이었다.

"그런데 대학을 졸업하고 막상 회사에 다니고 보니, 대학에 다니기 전 내 모습과 별반 달라진 게 없더라고. 사회생활만큼은 내 모습 그대로, 내 뜻대로 하고 싶었는데 말이야. 난 여전히 내가 원하는 게 어떤 건지도 모른 채 짜인 업무를 안에서 시킨 일만 하고 있었어. 주체성이라곤 찾아볼 수가 없었지. 어느 날부턴 입사 동기들과 점점 멀어지는 날 발견하게 됐고. 지금은 나도 너와 마찬가지로 내 길을 찾아가는 중이야. 그 방법이란 것이 기간제 계약직으로라도 일해보는 거고. 마침 우리 학교 행정실에서도 기간제를 채용하기에 지원했는데 됐어. 어때? 조금은 너와 비슷하지? 호호."

그녀의 웃음소리가 어쩐지 가슴을 답답해하며 울부짖는 소

리로 들렸다. 불과 얼마 전 그의 모습을 투영한 듯한 모습이 그녀에게서 겹쳐 보이는 건 착각일까.

흔한 위로든 무슨 질문이든 해야만 한다고 생각하던 찰나, 그의 생각을 씻기려는지 그녀가 해사한 얼굴을 하고 크게 웃었다. 그리곤 오히려 그를 달래듯 한다.

"오해하진 마. 하고 싶은 일이 너무 많아서 그런 거니까. 꿈이 많은 것도 문제야. 호호."

깔깔대며 웃는 그녀였지만 그와 별반 다르지 않은 고뇌가 읽힌다. 힘을 북돋아 주고 싶어진 그는 "꿈이 없는 것보단 많은 게 좋지 뭘" 하며 공감에 찬 소리를 세차게 내어 보였다. 정말 그랬다.

"지금은 생각이 좀 정리된 상황이야? 어때?"

하지만 이 질문은 피하고 싶었던 모양이다. 좀 전에 웃음기 가득했던 표정은 온데간데없고, 그에게로 돌연 질문을 던져왔다.

"넌 어때? 시험공부는 잘 돼가?"

그는 대답하기를 피하지 않았다. 오히려 그녀도 같은 고민을 하고 있다는 사실에 깊은 동질감을 느끼며 스스럼없이 대답했다.

"그냥 그렇지 뭐."

이쯤 되니 긴말도 필요 없다.

"준비한 지는 얼마나 됐어?"

"4개월 정도."

"누구, 같이 준비하는 사람은 있어?"

"아니, 혼자."

"힘들진 않아?"

"조금."
"그래도 너라면 오래지 않아 해내리라 믿어."
"그럴까? 난 잘 모르겠어, 입학하자마자 준비하는 학생들도 많잖아. 해낼 때까지 지치지만 않아도 다행이다 싶고……."
"왜 그래? 너답지 않게……."
아뿔싸. 그녀가 그만 그가 듣기 싫어했던 부분을 건들고 만다. 이 사실을 전혀 알 리 없는 그녀를 향해 역정이 실린다.
"나다운 게 뭔데?"
"넌 그러니까…… 진중하고 늘 열심이고……."
그녀의 말을 잘랐다.
"다들 왜 날 과대평가하는지 모르겠어. 내가 학자금 받은 거 때문인가? 하하."
웃으며 말하지만 아무리 그녀라도 껄끄러움이 묻어나는 건 어쩔 수 없다.
"그 영향이 없잖아 있지. 늘 학과 공부에 충실했잖아."
그녀가 그의 눈치를 살핀다. 동기들이 그를 어떻게 보는지 사실 몰랐던 것도 아닌데, 괜스레 톡 쏘듯 말한 것 같아 미안한 마음이 든다.
그는 그만 화제를 바꿔봤다.
"신입생 시절로 다시 돌아갈 수 있다면 얼마나 좋을까?"
"후회하는 게 있어?"
"있지. 나다움이라는 거 그거 말이야. 조금은 벗어두고 지냈어도 좋았을 걸 싶네. 하지만 내가 나인 이상 돌아가도 또 같은 선택을 하겠지. 안 해본 거, 아니 못 해본 거 그게 너

무 많아서 조금은 후회되거든."

"그땐 그렇게 할 수밖에 없는 상황이었던 거잖아. 대학에서 즐길 수 있는 걸 못 즐겼다는 건 안타깝긴 하지. 하지만 분명한 건 너만 그런 선택을 한 게 아니란 거야. 각자 선택마다 장단점이 있다고 생각해. 그러니 장점을 잘 살려 나가 보도록 해."

조금은 숙연해진 분위기다.

"그나저나 넌 지금까지 어떤 일들을 해봤어?"

"이것저것……. 마케팅, 홍보, 노무 상담, 컨설팅 ……."

그녀는 머쓱한지 그의 시선을 외면하고 어물어물 말끝을 흐렸다. 그런 그녀에게 용기를 줘 주고 싶어진 그는 거하게 너털웃음을 치며 말했다.

"멋지다. 난 최근 들어서 차라리 농사를 지어볼까 하는 생각도 들더라고. 하하."

그러자 그녀는 진실로 못마땅하고 미덥지 않다는 듯 입을 잔뜩 오므리고 한마디 던졌다.

"야! 오히려 지금 준비 중인 대안보다 더 힘든 선택이 될 수도 있어."

"고작 몇 개월 준비해 보고 이런 말 하니까 웃기지? 그래, 알아. 어쩜 더 많은 준비 시간을 보내야 할지도 모르지. 아직은 그런 맘이 조금 생긴다는 거고, 확신이 들기 전까지는 하던 대로 공무원 시험 준비나 열심히 해야지 뭐. 어쩌면 내가 나약해서 이런 생각이 드는 것일지도 모르겠어."

"내가 아는 한, 넌 절대 나약하지 않은걸. 우리 이렇게 가끔 만나 서로의 이정표가 돼 줘도 좋겠어."

순간 기분이 들뜬 그는 "점심이나 먹으러 가자"하고 말해

버리고 말았다. 내심 그녀가 말한 이정표가 언젠가 둘 사이를 이어줄 또 다른 이정표가 되어 줄 것을 희망하며…….

 취업을 앞둔 졸업생들은 수심 깊은 컴컴한 바닷속에서 환한 불빛을 향해 솟구쳐 오르는 오징어 떼와도 같다. 그렇기에 쉽게 목숨을 내어주는 경우가 다반사다. 하지만 그와 그녀는 작은 미끼 하나에도 쉽게 낚이지 않기 위해 안간힘을 쓰며 다시 아래로 아래로 내려가고자 하고 있었다.

 그는 봄 햇살이 다사롭게 스며드는 학교 후문 앞 2층의 한 식당으로 걸어갔다. 앞장서서 걷다가도 그녀가 자신을 잘 따라오고 있는지 생각이 들면 퍼뜩 고개를 돌려보곤 했다. 그러면서 식당을 향해 걱둑걱둑 발걸음을 내디뎠다.

 식당 앞에 다다라 평소 같으면 한 번에 세 계단씩 올랐을 테지만 오늘은 정해진 계단을 차례로 밟아 올랐다. 좁고 낡은 식당 문 앞에 다다르자, 그는 멈춰 서서 다시 한 번 뒤에 선 그녀를 확인하고 안으로 들어갔다.

 오늘따라 음악 소리가 유난히 흐느적거리는 식당 안. 그는 봄맞이 채광이 한창인 테이블로 자리 잡았다. 그녀 또한 아무 말 없이 따라와 그의 맞은편 자리에 앉았다.

 "와 봤던 곳이니?"

 그녀가 가게 안을 천천히 둘러보며 물었다. 처음 와본 모양이다.

 "여긴 내가 가끔 나르시시즘에 빠지고 싶을 때 찾는 곳이야. 어때?"

 그녀와 어디까지 공감할 수 있을지 궁금해졌다.

 "글쎄, 어떤 점이 그렇게 느끼게 해주는 걸까? 네가 나르시시즘이 필요한 줄은 몰랐어."

그때 종업원이 다가와 메뉴판을 건넨 뒤 돌아갔고, 그녀는 잠시 메뉴 고르기에 집중했다. 숨소리마저 잊게 만드는 이 순간의 정적이 그의 가슴을 뜨겁게 조여왔다.

연거푸 시냅스가 방전됨을 느끼는 순간, 마침 그의 핸드폰이 정적을 깨며 울렸다. 전화를 한 건 다름 아닌 아버지였다. 치매로 정신이 혼미하신 아버지가 난데없이 전화라니. 전화를 받자 주위의 웅성대는 소리를 비집고 아버지의 다급한 목소리가 들렸다.

"경우야, 아침에 닭이 알 낳았더냐?"

이는 분명 그가 중학생이었던 시절, 아버지가 아침 일찍 먼저 닭이 알을 낳은 걸 확인하고서는 그에게 다시 한번 확인을 강요하는 목소리임이 틀림없었다. 격양된 목소리가 아버지의 기억이 예전처럼 돌아왔다는 확신이 들게 했다.

그는 자신도 모르게 확인하지도 않은 거짓을 말해버렸다. 건강하시던 아버지의 모습마저 점철되는 듯했기 때문이다.

"예! 낳았어요."

그러자 아버지는 다짜고짜 "아이고, 잘했다 잘했어. 수고했으니 치즈나 배추나 맛있는 거 아무거나 많이 주거래이" 하고는 전화를 끊어버리셨다.

참으로 희한한 일이 아닐 수 없다고 생각한 그는, 불현듯 가슴을 때리는 불안에 자리를 박차고 일어났다.

"아무래도 나 집에 급히 내려가 봐야겠어."

"어, 그래. 얼른 가봐."

그녀는 이유를 묻지 않았다. 오히려 재촉하듯 그를 떠밀며 메뉴 고르기를 마치고자 했다. 덕분에 그는 미안함을 잊고 서둘러 역으로 갈 수 있었다.

참을 수 없는 존재의 무게

*

 희비가 교차하는 감정에 얽매여 4시간여를 내달려 도착한 고향집.
 대문을 열자, 기분 탓인지 깊은 적막감과 함께 스산한 기운이 그를 감싸는 듯했다. 집 안 어디에서도 인기척은 느껴지지 않았다. 어디 동네 마실이라도 나가신 거겠지…….
 그는 애써 두려움을 거두고 현관문을 열었다. 그러자 거실 너머 안방 문틈 사이로 희미하게 새어 나온 불빛이 보였다. 별일 없으시구나. 그는 괜한 걱정을 했다는 생각에 툴툴거리며 거실을 가로질러 갔다.
 안방 문을 열어젖히니, 아직 그가 온 걸 알아차리지 못하셨는지 어두운 방 한구석에 우두커니 앉아 TV를 보고 계신 어머니가 보였다. 아버지 또한 바로 옆에서 화면을 바라본 채 가만히 누워 계셨다. 그는 기합을 넣어 더 큰 소리로 인사했다.
 "어머니, 아버지, 저 왔어요."

이상한 낌새를 알아차린 건 그때였다. 여전히 대답이 없으시어 가만히 살펴보니 어찌 된 영문인지 TV 화면에선 아무 소리도 흘러나오지 않고 있었다. 그는 시선을 다시 아버지에게로 옮겼다. 여느 때라면 희미해져 가는 기억에서라도 반가운 얼굴임을 알고 단숨에 다가와 꽉 껴안아 주실 아버지인데 숨 쉬는 미동조차 보이지 않는다. 설마……. 아니야……. 순간 걷잡을 수 없이 엄습해 오는 한기가 그의 온몸을 떨게 했다. 나오지도 않는 마른침을 삼키며 어머니를 다시 불렀다.
　그제야 어머니는 대답 대신 고개를 두 무릎 사이에 파묻고 흐느껴 울기 시작하셨다. 살얼음 같던 그의 심장이 마침내 깨져버린 순간이었다. 그의 눈에서도 하염없이 뜨거운 눈물이 흘러내렸다. 다시는 쓸어 담지 못할 눈물이었다.
　하루가 억겁의 세월 같다는 게 이런 기분일까. 그가 정신을 차려야겠다는 생각이 들었을 때, 비로소 아버지의 모습이 제대로 눈에 들어왔다. 사늘한 주검이 돼 누워계신 아버지는 더는 지탱할 수 없을 정도로 쇠약해진 겨울나무가 뿌리째 뽑혀 앙상한 나뭇가지를 드러낸 듯한 모습이었다. 무엇이 그리 시리던지, 의식조차 깨부수고 온몸을 잔뜩 웅크린 모습은 초라하기 그지없었다. 닭이 알을 낳은 것을 확인하는 것으로 당신의 역할을 다한 아버지셨다.
　장례를 치른 지 3일째가 되는 날 밤, 어머니는 아버지의 영정을 바라보며 고모에게 아버지가 돌아가시기 전 했던 말을 들려주셨다. 그건 그와 아버지의 마지막 통화 내용이기도 했다. 도대체 아버지는 왜 내게 그런 질문을 하신 걸까……. 장례식 치르는 내내 이 한 가지가 궁금하던 그였다. 작은 실타래를 만들어내던 궁금증은 두 사람이 나누는 대화를 듣고

서야 풀 수 있었다.

그렇다. 치매를 앓고 계셨던 아버지는 돌아가시기 전 잠깐 찾아온다는 회광반조 현상을 보이신 듯했고, 처자식이 늘 걱정이었던 아버지는 가족의 생계를 책임져줄 대목으로 닭의 안부가 가장 궁금했던 거였다. 닭이 낳은 알이란 아버지에게 그 이상의 가치였던 셈이다.

하지만 그는 그런 아버지를 이해하려야 도저히 할 수 없었다. 죽음을 눈앞에 두고서도 한집안의 가장 역할을 해내야 할 정도로 어깨에 짐을 두를 필요가 있었는지, 이것만이 오직 우리 가족의 생계를 아무 탈 없이 지켜줄 거라고 확신한 건지, 하나뿐인 자식이 그토록 미덥지 않았던 건지……. 생각이 여기까지 미치자 그만 관 뚜껑을 열어 아버지에게 더욱 자세히 묻고 싶어졌을 정도였다.

그가 서너 살이 됐을 무렵 집은 귀농했다. 도농 복합도시 개발과 함께 귀농귀촌 바람이 한창 일던 무렵이었다. 여기에 정년퇴직 나이까지 당겨지자 회사에서 더는 눈치 보지 않고 내 사업을 하겠다던 아버지는 나이 50에 희망퇴직 한 후 가족 모두를 이끌고 아버지가 마음속으로 여기는 고향, 이곳 진주 하씨 집성촌 마을로 내려왔다. 혈혈단신이셨던 아버지의 진짜 고향은 아무도 몰랐다.

그리고 시작하신 일이 사과 농사다. 마을에 작목반 모임이 형성돼 있는 터라 비교적 수월하게 정착할 거란 기대에 택한 일이었다. 규모는 그닥 크진 않았다. 한달음이면 닿는 동구 밖에서 어린 그의 두 눈에도 다 들어찰 정도였으니까.

그러다 그가 중학생이 되고 어느 날, 아버지는 갑자기 양계장을 운영하기 시작하셨다. 그리고 그를 불러 두 손 가득

닭똥을 쥐어 보이고선 하신다는 말씀이 이렇다.

"이게 다 건강하다는 증거야. 건강한 닭이 건강한 알도 낳는 법이지. 닭이 알을 많이 낳을수록 우리 집 형편도 점점 좋아지고. 앞으로 먹고살 걱정은 이 아버지만 믿고 안 해도 돼"라고.

하지만 시간이 지나도 형편은 여의찮아 보였다. 닭장 크기야 조금씩 더 커져갔지만, 아버지는 늘 닭똥 냄새 나는 허름한 옷차림으로 계사 안을 누비셨고 밤이면 밤마다 몹시 피곤해하셨다. 저녁 식사 때면 기운차게 양계 모임에서 있었던 일이라든지 각종 인증을 심사한 결과라든지 계수 몇이 몇 개의 알을 낳았는지 등을 말씀하시며 희망찬 미래를 설계하곤 했지만 그뿐이었다. 어린 눈에 더 나빠지지 않는 것만으로 안심해야 했다.

그런 부모님의 짐을 덜어 드려야겠다는 생각에 그는 중학교 고학년이 된 뒤로는 학업에만 매달렸다. 너나 할 것 없이 시골에서 성공의 잣대는 오직 성적순이었다. 물어본 적 없지만 아버지 또한 그리하길 바란다고 생각했다. 친구들과 어울려 노는 시간도, 가족들과의 말수도 점점 줄여나갔다.

드디어 모두가 손꼽는 대학에 입학했을 때는 앞으로 좀더 제대로 된 역할을 해내는 날이 올 거로 생각했고, 아버진 그런 그를 믿고 기다려 주실 거라 여겼다. 하지만 무슨 이유에선지 그가 군대를 갓 제대했을 무렵, 아버지는 이런 말씀을 하셨다.

"서울에서는 좋은 대학 나오면 다들 대기업에 들어가려 한다지? 울 아들도 대기업에 다니면 좋지. 아무렴, 그저 좋지 않고. 그런데 대기업에 다니는 자식을 둔 집에서 하는 말이,

들어가서도 자리 잡으려면 10년에서 20년 기다려야 한다더라. 승진 때문에도 그렇고 대학 다닐 때 그 이상으로 돈이 든다고 하더라. 돈을 많이 벌면 뭐 하노. 집 구하고 품위 유지비에 자기 계발비에 여기저기 또 많이 들어가는걸. 자식 보기는 또 어떻고. 1년에 잘하면 한 번일까, 평소에는 잘 보지도 못한대. 그럴 거면 집 가까운 면사무소나 군청에 다니는 안정적인 공무원이 더 좋지 않을까 싶네. 대기업 월급이 가족이 한데 모여 있는 값어치만큼 하겠나? 니가 이 집안에 보탬이 되고자 하는 마음은 알겠는데, 아버진 니가 이런 각박한 세상에서 고군분투하길 바라진 않는다."
"너무 걱정하지 마세요. 제가 알아서 잘할게요."
진중하게 하신 말씀이었지만 그는 깍둑썰기하듯 짧은 몇 마디로만 대꾸하고 말았다. 그것이 아버지의 진심이라는 생각이 들지 않았기 때문이다. 없는 형편에 터무니없는 생활비를 보태야 하는 상황이 닥칠까 에둘러 하신 말씀이라 여기고 한 귀로 흘려보냈다. 대신 더욱 오기를 부려 복학과 동시에 대기업 입사 준비에 매달렸다.
그렇게 서로가 서로를 위하는 방향이다 생각하고 정신없이 달리던 어느 날, 어머니로부터 청천벽력 같은 소식을 전해 듣게 됐다. 그간 몸을 어떻게 관리하신 건지 아버지의 건강 상태는 말이 아니었고, 급성치매까지 찾아왔다는 것이다. 그날 어머니는 수화기 너머로 "무심한 양반 같으니"란 말을 몇 번이고 되뇌셨다. 타지에 나가 있는 하나뿐인 자식에게조차 병환을 숨길 수밖에 없었던 그 마음이야 오죽했을까.
그런데 또, 돌아가시기 전 하신다는 말씀이 어머니께 그 흔한 사랑한다는 말 한마디도 아니고, 고작 닭의 안부를 묻

는 정도라니……. 매일 닭장에서 지내다시피 하셔서인지 아버지 주검에서조차 닭똥 냄새가 풍겨 나오는 듯했다. 아버진 이조차 뿌듯하게 여기며 돌아가셨을지도 모르겠다.

 장지를 마치고 며칠이 지나도 아버지를 향한 섭섭함과 안타까운 마음은 쉽게 사그라지질 않았다. 닭장으로 가 아버지가 애틋하게 살피신 닭들을 돌보면 돌볼수록 그의 오장육부는 더욱 타들어 가는 심정이었다. 그러다 자신을 향한 번뇌로 돌변하더니, 급기야 이는 분노와 범벅이 된 채 전신을 옥죄어 왔다.

 이래선 도저히 안 되겠다 싶어진 그는 사십구재가 되는 날 장터로 나가 닭장수를 찾았다. 어릴 적 아버지를 곧잘 따라와 흥정하는 광경을 지켜보곤 했던 그를 단번에 알아본 닭장수는 굳이 호가를 부르지 않아도 후하게 쳐줬다. 이 광경을 보게 된 이웃들이 쏜살같이 달려와 "하늘에서 벼락 칠 일"이라며 만류했지만 소용없었다. 그는 기어이 아버지가 남기신 닭들을 모조리 팔아치워 버리고 말았다.

 집에 돌아오니 어머니는 대청마루에 앉아 멍하니 선산을 바라보고 계셨다. 그곳엔 가족을 위한답시고 온종일 닭장에서 지내신 아버지를 모신 산소가 있었다. 이런 어머니가 애처롭다며 어김없이 찾아온 마을 어르신들은 그가 마당에 들어서기가 무섭게 한마디씩 던졌다.

 "아이고, 이래서 반평생을 함께한 반쪽이 무서운 거라. 니 엄마 정신줄 놔뿐 거 아니겠제?"

 "허이고야, 저러다가 니 아버지 따라서 가겠다. 아직도 저러고 있네. 그런데도 니 그렇게 해야 했나?"

 "니 아버지가 닭장을 그만치 한다고 얼마나 고생했는지 아

나?"

"니 정말 모르고 그런 거가, 부러 그런 거가?"

"허구한 날 자식 자랑하던 양반인데. 니 아버진 그냥 늙어서도 든든한 가장이고 싶었던 기라."

비수처럼 꽂히는 이 말에 온몸이 바르르 떨리는 걸 느낀 그는 뒷걸음질 치며 대문 가로 물러났다. 그런 그의 뒤를 가로막고 옆집 어르신이 타이르듯 물었다.

"어딜 또 가는 거고? 금방 돌아올 기제?"

이를 뿌리치고 밖으로 달음박질 하는 그를 향해 뒤미처 소리치는 소리가 들려왔다.

"경우야! 니부터 정신 단디 차려야 된데이……."

"니 엄마 니가 붙잡아주지 않으면 누가 하겠노……."

그 말에 그는 고개를 외로 꼬고는 들릴 듯 말 듯한 작은 목소리로 "어머니는… 어머니는 곧 괜찮아지실 겁니더……"라고 말해줬다.

후들거리는 다리를 간신히 옮겨 그가 다다른 곳은 마을버스 정류장이다. 마을 어귀에 있는 이곳에선 어르신들의 애끓듯 하는 소리도 더는 들리지 않았다. 간간이 지나가는 외지인 자동차가 다였다.

적막에 싸이자 그는 줄곧 참아왔던 눈물을 왈칵 쏟아 냈다. 눈물은 흐르지 못하고 굵은 빗방울처럼 땅바닥에 뚝뚝 떨어졌다. 눈물이 눈물을 흘리는 것인지, 머릿속이 온통 눈물로 차 있었던 것인지, 기어이 꺼이꺼이 소리 내 울어버리고 말았다. 그렇게 한참 동안 그를 집어삼킨 울음은 버스가 도착하고서야 겨우 멈출 수 있었다.

버스를 타고 읍내에 도착한 그는 총격에 놀란 새가 균형을

잃고 휘청이듯 여행사를 찾아 들어갔다. 이 무렵 농사 절기로는 한창 파종으로 바쁠 때이건만 여행사 안은 생각 외로 항공편을 예약하려는 사람들로 다소 북적했다. 처음 보는 생소한 풍경에 힘없이 기울어졌던 그의 몸이 바로 세워졌다.

 도농 복합도시라지만 크게 변화한 것은 없다고 생각했다. 그런데 이곳 지역 주민들이 농사철에 바삐 움직이고 있다. 땅을 갈고 모종을 옮기느라 바쁜 것이 아니라 일상에서 조금은 색다른 기회와 여유를 찾아 움직이고 있다. 이상 기후로 절기가 빨라지고 스마트홈 모션은 물론 기계작으로 속도 또한 빨라지면서 도심 및 해외 바캉스를 단물처럼 즐기려는 사람들이 늘어난 것이다.

 이런 기류를 아버지가 몰랐을 리는 없는 법. 아버진 이런 상황에서 어디 가보지도 않으시고 무슨 희망을 잡고 계셨던 걸까……. 이런 변화를 읽지 않고 인구 밀집도가 가장 높다는 도심 한복판에서 난 또 어느 기준에 맞추려 했나……. 과거와 현재, 현재와 미래를 잇는 복잡한 생각이 얽히고설키며 꼬리에 꼬리를 물고 이어졌다.

 안으로 들어서서도 한동안 아무 말 없이 눈만 끔벅끔벅하는 그에게 직원이 다가왔다. 무언가에 홀린 듯 여기 온 이유조차 까맣게 잊고 있던 그는 그제야 지금까지의 모든 감정을 지우고 냉랭한 목소리로 항공편 예약을 요청했다. 세상의 끝이라 불리는 포르투갈로 향하는 편도 항공편이다.

저 너머에서 이어진 인연

*

 지는 해를 따라 스무 시간이 넘는 비행을 마치고 수도 리스본에 도착했을 때는 공항 활주로에 까마득한 어둠만이 가득했다. 비행기에서 내려 입국심사대를 지나자 알싸한 이국의 향기가 낯선 이방인의 체취를 흠씬 두들긴다. 공항 출구 주변에는 흰 눈을 입은 듯한 자작나무들이 도열해서 반겨주었다. 그 같은 인사가 싫지 않은 그다. 비록 도망치듯 이 먼 곳까지 날아오긴 했지만, 이곳의 모든 것이 그를 이해하고 받아줄 것만 같다.
 로비를 지나 철도역 승강장으로 향했다. 바로 옆 택시 승강장에선 각자 외로운 손님을 맞은 택시들이 유유히 공항을 빠져나가고 있었다. 그 모습은 마치 잔잔한 호수 위에서 다시금 도약을 준비하는 철새들의 군무와도 같았다. 군중에서 서둘러 비켜나야겠다고 생각한 그는 택시 승객 열 맨 끝으로 향했다. 줄의 맨 끝 손님과 얼마간의 거리를 두는 것을 잊진 않았다.

그때 뒤늦게 공항 로비에서 빠져나온 듯 보이는 한 여성이 그가 벌려둔 빈틈 사이를 비집고 들어섰다. 먼저 온 누군가가 뒤에 있다는 사실을 아는지 모르는지, 허리를 꼿꼿이 편 채 앞만 바라보고 서서는 뒤 한번 돌아보지 않았다.

하지만 빈정거림에 감정이 상할 겨를도 없이 우연은 맞닥뜨려졌다. 설마 하는 생각은 금세 지워지고 그의 눈앞에 그녀, 미로가 서 있는 것이다. 두 눈을 질끈 감았다가 다시 떠봐도 그의 앞에 있는 여성은 틀림없는 미로였다. 세상에, 이게 어찌 된 일인가! 그녀가 왜 여기 있나 싶다.

놀란 건 그녀도 마찬가지였다. 등 뒤를 계속해 훑는 시선을 느꼈는지 뒤돌아봤다가 두 눈을 치켜세우며 어, 하는 짧은 감탄사만 내뱉었다.

그녀가 먼저 잽싸게 택시 승객 무리에서 벗어났다. 머뭇대기만 하던 그도 줄을 비켜섰다. 서로가 제대로 마주 서게 되자, 이번엔 "뭐야!" 하며 동시에 외마디 탄성을 내질렀다. 너무도 어이없는 상황에 한동안 그저 실없이 웃기만 한 두 사람은 이어 길 건너서 보이는 카페로 가자는 시늉에 합을 맞췄다.

어두운 조명에 알 수 없는 잠언의 노래가 흐르는 카페 안. 제각기 다른 이유로 환승을 기다리는 여행객들로 가득하다. 흡사 상대를 녹여버릴 듯한 시선으로 마주 보고 앉은 이들은 누가 들어오고 나가는지 전혀 신경 쓰지 않았다.

긴 시간 여행에 나선 여행객들의 체취가 정신을 아찔하게 한다. 은은한 조명을 받은 사람들의 분위기는 다소 농염해 보이기까지 하다. 변화의 물결이 잔잔히 이는 이들 사이에 두 사람은 앉았다. 마주 앉았어도 믿기지 않는 현실에 말문

은 막힌 상황이다.

　여러 단상이 밀물과 썰물처럼 찾아들다 빠져나가기를 몇 차례. 그녀가 스리슬쩍 하는 고갯짓으로 한 쌍의 여행객을 가리키며 말했다.

　"마른 사람이 뚱뚱한 사람을 왜 좋아하는지 알아?"

　뜬금없는 질문이었다. 두 사람 사이가 좀더 가까워질 수도 있을 지금의 상황을 모면하고 싶어서일까.

　"……응? 뭐라고?"

　그는 제대로 못 들은 척했다. 그러자 그녀는 이번엔 손짓으로 아예 카페 중앙 스탠딩 테이블에 앉은 뚱뚱한 여자와 깡마른 남자를 확실하게 가리키며 물었다.

　"글쎄, 좋아하는데 굳이 이유를 붙일 필요가 있을까? 굳이 이유를 꼽아보자면 서로에게 부족한 걸 채워줄 수 있는 사람이라서?"

　대답을 어떻게 하든 상관없겠지, 하면서도 그는 뒤통수를 긁적긁적했다. 겸연쩍어하는 그를 향해 그녀가 면박하며 자기 생각을 말했다.

　"대부분의 사람이 사랑을 그런 서로를 위한다는 뻔한 말로 포장하려 하지. 하지만 난, 자신의 부족함을 상대를 통해 잠시 망각하려는 데 목적이 더 크다고 봐. 쓰레기처럼 쉽게 치우고 지워버릴 수 있으니까."

　그쯤에서 그만 화제를 바꾸고 싶어진 그는 생수를 꿀꺽꿀꺽 소리내 마셨다. 정신이 좀 든다. 눈앞이 명료해지자 그의 앞에 앉아 있는 이가 다른 사람이 아닌 진짜 미로라는 사실이 받아들여진다. 그러자 자신의 초라한 행색을 들킨 것 같아 서둘러 옷매무새 어디가 흐트러진 덴 없는지 살핀 그는,

이내 아무렴 어때, 하고 주위를 이리저리 살피며 그녀에게 정말 묻고 싶은 얘길 넉살스럽게 꺼냈다.
"사랑하는 사람이 쓰레기통이라도 된단 말이야? 하하. 그나저나 여기 연인들로 보이는 사람들이 꽤 많네. 다들 여행 온 걸까?"
그런데도 그녀는 무슨 이유에서인지 그가 제대로 이해할 때까지 질문에 대한 설명을 이어가려 했다.
"네가 보기엔 저 사람들이 서로를 아끼고 소중히 여기는 것 같아? 난 전혀 그렇게 보이지 않아. 익숙할수록 내 쓰레기니까, 버려도 되는 내 쓰레기니까, 그런 마음에서 상대를 찾는 거라고 봐. 사랑이라는 정당성을 두른 쓰레기통이란 거지."
이에 그만 어안이 벙벙해진 그는 "뭐라고?" 하고 외마디 소리를 지르고 말았다. 지금 같은 상황에 이런 질문을 한다는 것 자체가 이상했지만, 사랑에 대해 이렇듯 이상한 논리는 무엇이며, 그녀가 무언가에 대해 이토록 냉소적이었을 때가 있었나 싶은 생각이 들었다.
그러자 그녀는 갑자기 시치미를 뚝 떼고 겨우 참았다는 듯 크게 웃음을 터트렸다. 그의 눈가에 못마땅한 주름이 지어졌다. 주변에 전혀 신경 쓰지 않던 사람들의 시선이 모이고 웅성거리는 소리가 들렸다. 그의 표정이 더욱 일그러졌다. 그제야 그녀는 웃음을 조금씩 거두며 평소의 그녀로 돌아왔다.
"농담이야, 농담. 놀랬지?"
"농담이라니, 이런 상황에 무슨 우스갯소리가 그래?"
"그런데 내가 한 말이지만 좀 일리 있어 보이지 않니? 서로 반대되는 성향이나 체질의 사람들이 연인이 되는 경우가

많잖아."

"일리는 무슨. 방금 한 말은 일리 있어 보이지만, 좀 전에 네가 한 말은 지나쳤어. 사랑하는 사람을 쓰레기통에 비유하다니……."

좀처럼 찝찝한 기분이 사그라지지 않는다. 그는 깊은 한숨을 내쉬었다.

그제야 그녀는 자신의 표현이 과했다는 사실을 인정하고 그의 시선을 맞바로 못 보고 우물쭈물 속내를 드러냈다.

"아니 그냥……, 갑자기 궁금해지더라고. 네가 생각하는 사랑은 어떤지 말이야……."

그랬다. 그녀는 확인하고 싶었나 보다. 인연 혹은 운명으로 빚어진 사랑이 아닌, 이런 이기적이고 거짓되다시피 한 사랑 논리에서 그가 어떤 말이나 행동을 보일지를 말이다.

그녀가 급히 반색하며 그의 기분을 달래왔다.

"여기까지 웬일이야? 여기서 보다니, 정말 깜짝 놀랐어."

"그러게. 여기서 만나게 될 줄이야. 이 먼 데까지 왜 온 거야?"

"나야 여행 왔지. 간만에 머리도 식힐 겸. 넌 시험도 얼마 안 남았을 텐데 도대체 여기까지 어쩐 일이야?"

그녀는 자신을 향한 의구심은 싹둑 잘라내고 되물었다. 얼마 있으면 치러질 시험을 두고 여행이라니, 도저히 믿기지 않는다는 표정이다. 겨울잠에서 깬 개구리가 폴짝 뛰어오르듯 그에게서 서둘러 대답을 요구했다. 이번 시험을 놓치면 다시 1년을 고생해야 하는데, 변심이 들지 않고서야 도저히 이해할 수 없는 상황이었던 거다.

그는 착잡하기 이를 데 없는 심정을 숨기지 않고 그대로

말하기로 했다.
"그날 아버지께서 돌아가셨어. 그리되니 그것마저 부질없는 일로 치부되더라고. 이 상황을 제대로 정리하지 않고서는 그 무엇도 손에 잡히지 않을 것 같아서 생각을 정리할 겸 여기까지 오게 됐어."
"그랬구나. 동기들에게 연락하지 그랬어……."
그녀는 말끝을 흐리고 더는 묻지 않았다. 대신 그가 부연 설명하듯 계속 말을 이어나갔다.
"여긴 내가 언젠가 됐든 한 번은 꼭 와봐야지 했던 곳이야. 이곳에서라면 왠지 생각도 어느 정도 정리되고 내가 진정으로 원하는 게 뭔지 알게 될지도 모른다는 생각이 들었거든."
계속해 그는 짐짓 결의에 찬 모습도 보이고 싶어졌다.
"도피가 아니야. 그저 내게 있어 좀더 의미 있고 가치 있는 일을 찾고 싶어서야. 지금껏 내가 알던 세상은 성공의 잣대가 정해져 있었지만, 그게 전부가 아니란 생각이 들어. 모든 것이 낭만 자체라고 알려진 이곳에서라면 그게 무언지 말해줄 것만 같아. 떠나올 때 어렴풋이 미처 깨닫지 못한 것을 느끼긴 했어. 하지만 내가 처한 상황에서 그 이상은 쉽지 않겠기에 이곳에 와 보기로 한 거야. 이곳에서 나의 제대로 된 역할, 작은 욕망 하나는 발견하게 되겠지."
"그래. 맞아. 우리를 조금 덜 몰아세우는 일을 찾을 수 있을지도 몰라."
그녀가 그의 감정에 깊이 동조하자 지금껏 느껴 보지 못한 희열이 진득이 밀려온다.
이번엔 그가 돌려 물을 차례다.

"정말 넌 여기 왜 온 거야? 학교 일은 어쩌고?"
"말했잖아. 여행 온 거라고. 학교는 계약 기간이 끝나기도 해서 관뒀지."
"그러면 정말 유람하기만 하러 온 거야? 이후 다른 일을 찾아볼 생각인 거고?"
"응. 아직 결정한 건 아니지만, 내가 좋아하는 일들을 어느 정도 절충할 수 있는 일을 찾아보려고 해. 이제 계약직 일은 그만하려고. 하나의 출구를 찾아봐야지."
"그렇구나. 그래, 그러다 보면 반드시 찾게 될 거야. 너도 그렇고 나도 그렇고……."
 서로가 비록 방황의 길에 부닥쳤지만, 그 순간 우연처럼 있었던 일들은 인연을 넘어 필연이라고 여겨졌다. 그녀 또한 크게 빛나는 눈에서 오랜 기간 마음에 둘러 온 휘장을 조금씩 벗어던지려는 것이 느껴졌다.
 차창 밖으로 시선을 돌렸다. 네온사인이 불야성을 이룬 도시의 거리가 이젠 어디든 가야 할 시간이라고 말해주고 있었다.
"어디로 갈 거야?"
"너는?"
 두 사람의 질문이 닿았다. 두 사람 모두 이미 각자의 목적지는 잊고 서로의 목적지를 궁금해하고 있었다.
 그는 "리스본이긴 한데……" 하고 중얼거리다 "네가 가는 곳으로 가도 좋겠지" 이렇게도 말했다.
"리스본을 택한 이유는 뭐야?"
"별것 없어. 수도잖아. 다만 오래된 풍경이 한데 어우러져 그것이 사람들의 감동을 자아낸다기에 내 눈으로 직접 확인

하고 싶어서. 넌?"

그녀는 "나도 마찬가지 이유이긴 한데……"라고 말한 데 이어 "난 포르투. 멍때리기는 거기가 나을 거 같아서"라고 말했다. 그리곤 핸드폰을 잠시 살피며 그의 선택을 기다리는 눈치다.

그녀를 향해 그가 좀더 용기 내 말했다.

"밤이 아직 많이 남았으니, 나도 포르투로 가볼래."

그러자 그녀는 별처럼 반짝이는 두 눈을 깜박이며 고개를 끄덕였다. 그의 결정에 무척 기뻐하고 안도하는 모습이다.

두 사람은 목적지를 정했으니 자리를 털고 일어났다.

이윽고 약 3시간에 걸쳐 도착한 곳은 '상 벤투(São Bento)' 기차역이다. 여기서 다시 한 번 더 택시를 잡아타고 여행자라면 맨 먼저 들려야 한다고 알려진 항구의 도시, 포르투(Porto)로 향했다. 포르투 대학을 지나 항구 도시에 가까워질수록 차창 밖 하늘은 조금씩 밝아왔다.

드디어 도착한 포르투. 택시에서 내리자 이곳을 찾은 여행자들의 쓸쓸하고도 한편으론 달콤하기까지 한 향기가 물밀듯 밀려들었다. 그 향기에 흠뻑 취한 채 두 사람은 여행자들이 하나같이 오르고 있는 도시 전망대를 향해 걸어갔다.

누가 말해주지 않아도 완성된 군중의 행렬에 전망대가 곧장 그들 앞에 펼쳐졌다. 대서양으로 이어지는 깊고 넓은 '도우로강(Douro River)'과 이를 가로지르며 남북을 잇는 '동 루이스 다리(Dom Luis I Bridge)' 그리고 도시 포르투가 한눈에 내려다보였다. 광활한 우주 속 신이 만든 공간에서 인간이 빌려 쓴 영역이 고스란히 드러난 순간, 태양은 이를 비웃기라도 하듯 떠오르고 바닷바람은 경멸하듯 육지로 불어

들고 있었다.

  그 바람을 따라 다시 한번 여행자들의 고독한 가운데서도 탐욕적인 향기가 전해졌다. 이는 문득 그에게 잊고 있던 그녀를 향한 마음을 털어놓고 싶어지게 했다. 그 옛날 거친 대서양을 용감하게 뚫고 나가 미지의 세계를 개척한 포르투 사람처럼, 그도 난생처음 사랑이라는 미지의 세계에 첫발을 들여보고자 하는 강한 용기를 내보기로 했다.

  서로에게 기대 조용히 태양을 우러러보는 연인들 사이에서 혼자인 듯 우두커니 선 그녀. 그런 그녀의 뒤로 바투 다가간 그는 "널 좋아해"라고 망설임 없이 고백했다. 혹여 그녀가 못 들은 척이라도 할까 봐 목소리에 힘을 실어 한 번 더 말했다.

  하지만 괜한 걱정이었나 보다. 그녀가 뒤돌아보며 기다렸다는 듯 활짝 미소를 지었다. 순간 그의 얼굴은 빨개진 채로다. 그녀는 그런 그에게 얼굴을 바짝 밀착시키더니 그의 두 눈을 사뭇 전투적인 듯한 눈빛으로 바라봤다. 그 말이 진심인지 아닌지 읽으려는 듯 보였다. 그리곤 진심이라는 확신에 섰는지 "나도야. 너에게 소중한 사람이 되고 싶어"라고 감미로운 목소리로 속삭여줬다. 때마침 솟구친 태양은 그들의 참을 수 없는 사랑을 모아 비춰주는 듯했다.

  그림 같은 포르투 항의 전경을 원 없이 바라본 두 사람. 서로를 품에 안고, 이곳에서 새로운 희망을 안아가자고 속삭였다. 형용할 수 없을 만큼 아름다운 배경의 항구 앞 바다는 두 사람의 그 어떤 슬픔도, 불안도, 미련도 모두 거둬 줄 것만 같았다. 그 깊은 헤아림은 지평선 위로 솟아오른 태양이 대지를 밝히듯 했다.

그날 두 사람은 길고 긴 어둠 속에서 발견한 한 줄기 빛처럼 서로를 향해 다가갔고, 거리낄 것 없이 서로의 마음을 확인했다. 그리고 오래된 질문을 향한 여정을 함께하기로 다짐했다.

현실과 이상 사이

*

  이곳 항구 마을에서 시작된 둘의 여정은 가는 곳마다 온통 충만으로 가득했다. 서로를 향한 눈빛과 행동에서 감히 그 누구도 두 사람이 이곳에서 처음으로 서로를 향한 사랑을 키워가고 있다는 사실을 눈치 못 챌 정도였다.
  숙소는 항구 가까이 얻었다. 각국의 여행자들이 가벼운 지갑 사정에도 불구하고 대체로 편안하면서도 여유롭게 지낼 수 있는 호스텔이다. 나이와 성별, 귀천을 떠나 서로의 취향과 라이프 스타일을 오고 가며 구경하는 것은 또 하나의 재밋거리였다.
  날씨가 좋든 안 좋든 그는 매일같이 그녀와 함께 밖으로 나갔다. 도시의 매력을 천천히 그리고 빠짐없이 알아가고 싶었기 때문이다. 과거와 현재가 공존하는 이곳에서, 어쩌면 서로가 함께하지 못하고 지내온 시절을 알아가기 위한 목적이 더 컸을지도 몰랐다. 분명한 건 서로를 좀더 알아가고 싶은 마음이 크다는 거다. 그러는 와중에도 육지가 끝나고 바다가

시작되는 이곳에서 자신의 내면을 끊임없이 성찰하는 노력을 멈추지 않았다.

포르투에선 유서 깊고도 화려한 벽화를 자랑하는 성당과 교회가 대부분이었는데, 하루는 그중에서도 포르투 설립의 상징물로 꼽히는 대성당으로 향했다. 비가 추적추적 온종일 내리던 날이었다. 그런 궂은 날씨 속에서도 좁은 골목 여기저기에선 버스킹을 하는 사람들이 눈에 들어왔다. 검은색 우비를 둘렀지만 한눈에 봐도 이들이 십이십 대의 청춘이란 것을 알 수 있었다. 이들은 누가 먼저랄 것 없이 골목으로 접어든 관광객들의 발길을 축복해 주고 있었다.

굽이진 골목길을 걷는 동안 그녀는 웬일인지 조용히 걷기만 했다. 그도 따라 말없이 걸으니, 그녀가 오히려 궁금하다는 듯 "말이 없네?" 한다.

"이곳 사람들은 쉬지 않고 자신들의 이야기를 퍼 나르는 거 같아. 단순히 사진에 찍히고 좋아하는 곡을 연주하는 것조차 저들에겐 일상이겠지. 이런 문화가 사람들을 오게 만드는 것인지, 관광객들이 이런 문화를 이뤄내게 만든 것인지 궁금해졌어."

"비가 와서인지 더 낭만 있어 보여. 저들조차 미처 깨닫지 못한 새 마치 오래된 얘기와 뒤섞여 지금의 이야기를 전해주는 거 같아. 그 시작이 어디에서 출발했든 서로의 목적이 맞닿았기에 이런 아름다운 풍경도 펼쳐지는 거겠지……."

골목길이 끝나자 호스텔에서 1킬로미터 남짓 떨어진 곳에 보이던 대성당이 전체적인 윤곽을 드러냈다. 파란 하늘을 가릴 만큼 그 웅장한 규모에 입이 절로 벌어졌다. 신의 은총을 간절히 바라는 인간의 믿음이 쌓아 올린 금자탑이었다.

"신의 존재를 믿니?"

"신이라…… 사실 생각해 본 적 없어. 하지만 사람들이 이토록 믿고 의지하는 건 인간으로서 할 수 없는 영역을 오직 신만은 할 수 있다는 믿음 때문이겠지."

"난 어릴 때 부모님 모르게 한 달 정도 교회를 다닌 적 있어. 신이 정말 있긴 한 걸까 하는 반문 때문에. 그래서 사람들이 눈을 감고 기도할 때 난 십자가를 째려봤지. 그런데 사람들이 그토록 경배하며 간절하게 기도하는 모습을 보니 그만 숙연해지는 거야. 고개를 숙일 수밖에 없었어. 그 마음이 나한테도 전해지는 거 같았거든. 어쩌면 그런 건지도 몰라. 서로의 마음과 마음을 알게 모르게 이어주는 곳. 신이란 세상 모든 인간의 마음을 담아낸 그 어떤 형상이 아닐는지…….."

광장에 이르니, 회색빛이 감도는 압도적 크기의 대성당이 위용이 넘치는 가운데서도 놀라운 정교함과 세밀함을 자랑하고 있었다. 수 세기에 걸쳐 다양한 건축 양식에 의해 확장되고 변형됐다고는 하지만, 이는 오히려 다양한 문화를 받아들인 수준 높은 자세로 이해됐다.

대성당 앞에서도 젊은이들의 버스킹 공연은 계속 이어지고 있었다. 좁은 골목에서 들리던 음악과는 좀 다른 것이라면, 세계적으로 인기 있는 음악을 자신들만의 색을 입힌 새로운 곡으로 편곡해 사람들에게 들려준다는 점이었다. 그 노랫소리가 전혀 이질적이지 않다. 오히려 이곳을 찾은 관광객들의 발길을 더 오래 머무르게 하고 있었다. 한동안 그와 그녀도 음악에 심취해 광장 앞을 벗어나지 못하고 있었다.

그저 감탄할 수밖에 없는 이곳에서 그는 '새로운 것을 받

아들이는 가운데 자신만의 특색을 갖추기 위한 노력이 필요하다'는 것을 느꼈다. 또 불필요하다고 느껴질 정도의 호화로운 내부 장식을 보고는 '자신의 내면을 과감히 드러내는 노력도 중요하다'는 것을 깨우쳤다. 그러면서 생각했다. 자신은 지금껏 새로운 것을 받아들이려고 노력했는지. 또 내면적으로든 외면적으로든 자신의 가치를 높이기 위해 어떤 노력을 기울였는지를 말이다. 그러자 아직 가야 할 길이 먼, 철부지 어린아이나 다름없다는 생각이 들었다.

하루는 새벽 일찍 바다 안개가 고즈넉이 내려앉은 구시가지로 갔다. 그곳은 그들이 머무는 숙소의 반대편에 있었다. 도시의 옛 모습을 고스란히 간직한 이곳에선 수백 년 전의 전통 문양과 양식을 어디에서든 구경할 수 있었다. 그들과 이 도시를 오가는 또 다른 관광객들만 바다 위를 부양하는 낯선 돛단배일 뿐 도시와 그 속에서 살아가는 사람들은 모두 세월의 흔적과 풍취를 고스란히 이고 있었다.

오래된 도시 골목을 거닐며 그들은 대항해 시대에 번창했던 모습을 상상해 봤다. 그때 백년 가업을 자랑하는 상점가 초입에서 이제 막 문을 열기 시작한 주인이 지나가는 관광객들을 향해 "봄디아(Bom dia)"라고 외쳤다. 포르투갈어로 상대에게 좋은 날을 보내라는 뜻을 담고 있다. 이를 알든 모르든 새벽녘부터 이곳을 탐색하던 관광객들도 기분 좋게 "봄디아" 하며 응수했다. 이를 시작으로 줄지어 선 상점 여기저기의 문이 열리며 봄디야를 외치는 사람들의 모습이 펼쳐졌다.

"세월이 흘러도 이렇듯 아름다운 흔적을 남길 수 있는 건 이곳을 사랑하는 사람들이 지키고 돌보기 때문이겠지?"

"사람이 죽어서도 그 흔적을 남길 수 있는 건 이를 잇고자

하는 또 다른 사람이 있기 때문이듯이 말이야."

전통을 후대로 잇고자 하는 이들의 노력에서 '과거를 잊는 것보다는 이를 계승하고 발전시켜 나가는 노력도 중요하다'는 것과 '현재가 과거와 미래를 잇기도 하지만, 과거 또한 현재와 미래를 잇는 가교 역할을 한다'는 것을 깨우칠 수 있었다.

그러면서 그는 지금껏 잊고자 한 과거에서 발전시켜 나갈 것은 무엇인지를 찬찬히 생각해 봤다. 어느샌가 고향 시골 마을의 발전에 대해 생각해 보게 된 그다. 최근 들어 마을이 속한 지역 도시는 교통이 발달하고 큰 건물이 들어서며 사람들로 다소 북적이기 시작했으나 그런 도시에서도 언제고 다시 무명의 마을이 될 수 있었다. 새로운 이야기를 끊임없이 만들어 내는 가운데 이를 지키고 계승해 나갈 인재들의 중요성이 다시 한번 짚어졌다.

며칠이 지난 후, 포도밭과 밀밭이 아름답게 펼쳐진 들판 사이를 거니는데 그녀가 현실에 착안한 질문을 해왔다. 우기가 지나고, 맑고 화창한 날씨가 요 며칠 계속되던 날이었다. 그녀가 카디건을 벗어 허리에 두르며 말했다.

"이젠 제법 덥다. 드뎌 제대로 된 날씨가 왔나 봐. 앞으로도 계속될까?"

"갑자기 나빠지진 않을 거 같아."

"집에는 언제쯤 돌아갈 생각이야? 온 지도 벌써 한 달이 넘었네."

그랬다. 우기가 지나갔다는 건 새로운 달력이 왔다는 의미였다. 뒤늦게 시작된 건조한 대기가 옷차림을 가볍게 만들고 있었다.

"글쎄, 여기 올 때만 해도 한 달 정도 머무를 계획이었는데, 지금은 좀더 머물렀으면 싶어. 넌?"

"나도 마찬가지야. 그리고 난 한국으로 가더라도 집으로 돌아가고 싶진 않아."

"무슨 일 있어?"

그녀는 시선을 멀리하고 대답하지 않았다. 가족 관계에 무슨 속사정이 있구나, 그리 짐작될 뿐이었다.

"집이라는 게, 내가 머무르고자 하는 곳이 바로 집이 되는 거 아니겠어? 난 그렇게 생각해."

이 말에 잠시 맥이 빠진 듯했던 그녀가 "그래, 네 말이 맞아" 하고 맞장구를 쳤다. 울새가 이 소리에 놀랐는지 둥지 위로 퍼덕거리며 솟구쳤다. 이를 보며 그녀가 키득키득 웃으며 말했다.

"저 울새만도 못하네. 지금 돈은 얼마나 남았어?"

"한 2백만 원 정도."

"나도 그 정도 되는 거 같아."

"내가 가진 돈만으로도 앞으로 두 달 정도는 버틸 수 있을 거야."

"합치면 좀더 버티겠지만, 그래도 아껴 써야겠어."

"그치……."

하지만 두 사람의 마음과 달리 현실은 그리 오래 따라주지 못했다. 그가 대학 시절 내내 야간 아르바이트를 하며 번 돈과 그녀가 회사를 전전하며 마련한 돈은 합해서 겨우 두세 달 버텨낼 정도였다.

넉 달로 접어들 무렵이 되니, 통장엔 몇 푼 안 되는 돈이 행인예술가들의 유혹을 겨우 견뎌내고 있었다. 이곳에서 둘

이 함께하는 시간을 조금이라도 더 갖기 위해선 생활비를 마련할 일을 서둘러 찾아야만 했다. 그것이 지금껏 자신에게 베풀지 못한 선물이라며 위로 아닌 위로를 했다.

  한편, 근래 들어 이름난 관광지로 주목받고 있는 이곳 포르투 항구 마을에는 어디에서 왔을지 모를 관광객들이 자꾸만 넘쳐나고 있었다. 그들은 하나같이 약속이나 한 듯 오래된 도시 이곳저곳을 바쁘게 돌아다니며 호젓한 마을을 때론 거칠게, 때론 시끌벅적하게 흔들어댔다. 그 소리가 어느 틈엔가 두 사람의 움츠러든 어깨에도 각을 심어주고 있었다.

멈출 수 없는 이야기

*

  그는 오전부터 바닷바람에 세안하는 유유자적한 모습으로 항구로 향했다. 짭짤한 바람이 몸 구석구석으로 스며들자 발걸음은 미취한지 그를 인적이 드문 해식애로 이끌었다.
  어느새 세상에서 크게 벗어나 있는 자신을 발견하게 된 그. 발자국 하나 남아 있지 않은 해안은 그를 더없이 풍요롭게 만들었다. 이따금 파도가 차례차례 다가와 그의 곁에서 맴돌다 다시 먼바다로 사라질 뿐이었다. 파도가 사라지고 만 그곳엔 윤슬만이 반짝이며 오늘도 변함없이 온 누리를 비추는 태양의 존재를 가리켰다.
  태양에 악수하며 다시 세상에 타협하려는 순간, 그는 점점이 그를 향해 다가오는 누군가의 모습을 보게 됐다. 옅은 회색의 긴바지에 검은색 와이셔츠를 입은 그는 멀리서도 값비싼 금목걸이를 목에 두르고 있음을 알 수 있었다. 태양이 구름에 가렸어도 그 밝고 화려한 빛이 뚫고 나와 눈이 부실 정도였으니 말이다. 무엇보다 확연히 동양인임이 틀림없었다.

그가 무슨 목적으로 그와의 접촉을 시도하려는 것인지 궁금해진 그는 자리를 맴돌며 그가 도착하길 기다렸다.
　어느덧 그의 곁에 선 남자. 그는 급하게 발걸음을 옮겨와서인지 거칠게 숨을 내뱉으며 "혹시 일자리 필요하지 않으세요?"라고 물었다. 그는 무심한 척하는 가운데서도 우수의 그림자를 띄워 보냈다. 그러자 눈치 빠른 남자는 자신을 김 씨라 먼저 밝힌 후, 마침 괜찮은 일거리가 있으니 들어보라고 했다.
　"여행지에서 단기간 수입 거리를 만들기에 이만한 일자리도 없답니다. 체험한다 생각하고 따져보면 거저 주는 돈이지요. 저기 보이는 항구 마을 언덕 너머에 농장들이 있어요. 올리브농장, 포도원, 밀밭인데, 수확 철이 비슷하다 보니 다들 하나같이 일손 부족을 겪고 있답니다. 어때요. 한 번 해보지 않겠어요?"
　김 씨의 말대로 이만한 일거리도 없겠다 싶어진 그는 한 달 수입이 어느 정도 되는지를 물었다. 그러자 김 씨는 얼굴에 화색을 띠며 일수 따라 달라지는데 보통 적게는 2백만 원에서 많게는 3백만 원을 벌어간다고 말했다. 굳이 밝히지 않아도 될, 자신은 한국에서 온 이민자이며, 한국에서도 이 정도 수익은 쉽게 벌기 힘들다는 말도 해가면서 말이다.
　어울리지 않게 으스대는 김 씨의 말투가 조금 언짢긴 했지만, 그의 내면 깊숙이 동경의 대상으로 남아 있던 곳이기도 했기에 농장에서의 일을 시작해 보기로 마음 굳혔다.
　사실인즉슨 그랬다. 6월이 되자 이곳 항구 주민들이 품앗이를 하듯 올리브농장으로 향하는 것이 보였다. 하얗고 앙증맞은 꽃망울이 폭죽을 터트리면 이곳 항구 일대에는 고소한

올리브 향기가 진동했고, 올리브꽃을 구경하겠다고 몰려든 관광객들로 농장은 일손을 더욱 필요로 했기 때문이다. 그 모습을 언젠가 우연찮게 목격하며 그도 저들 무리에 끼고 싶다는 생각을 은연중 한 적이 있다.

그는 김 씨에게 다음날 그를 따라서 올리브농장으로 가겠다는 약속을 하고, 오랜만에 주머니가 두둑한 여행객의 여유를 담은 발걸음으로 호스텔로 돌아갔다. 가는 동안 오후는 특별히 일정을 잡지 않고, 그녀와 함께 게으른 하루를 보내자고 마음먹었다.

문을 열자마자 그는 해변에서 있었던 일을 마구 쏟아내며 걸어들어갔다. 한 달이 지나면 계절도 바뀌는 9월이다.

그녀 또한 초조한 마음에 사로잡혀 있었다가, 그의 등장과 함께 듣게 된 희소식에 안도의 숨을 크게 내쉬는 것이 들렸다.

하지만 착잡한 심정에서 결코 자유로워질 수 없었던지, 내일 날씨를 궁금해하며 창가로 다가가 구름의 동태를 살폈다. 하얀 커튼을 뒤로 하고, 변화무쌍한 날씨에서 내일의 운을 살피는 그녀의 모습이 마치 기청제를 행하는 무당을 연상케 했다. 할 일이 없으니 별 상상을 다 한다 싶어진 그는 말로 못 할 미안한 마음에 자기 머리를 세게 쥐어박았다.

여름의 절정을 달리는 이곳 항구 마을에는 하루에도 몇 번씩 날씨가 변덕을 부렸다. 기후 변화와 함께 찾아온 보기 드문 날씨라곤 하지만 전에 없는 불볕더위가 기승을 부리는가 싶더니 마른하늘에서 갑자기 우박이 떨어지기도 하고, 먹구름이 잔뜩 끼었다가도 언제 그랬냐는 듯 이내 화창해졌다. 드물게는 안개가 자욱한가 싶더니 냉랭한 기운과 함께 돌풍

을 동반한 비바람을 몰고 왔다.
"구름이 잔뜩 꼈네."
"그래? 아까까지만 해도 해가 비추고 후덥지근했는데 말이야."
"날씨까지 따라준다면 더욱 좋으련만, 지금 봐서는 비가 제법 내릴 거 같은 하늘이야. 좋을 거 같지 않아."
"바람은 어때?"
"아직 잠잠해. 구름이 저렇게 낮아지고 커졌는데도 말이야."
그러자 낯선 이국땅에서의 불안과 초조함이 무성히 돋아나기 시작했다.
"그렇다면 내일은 선선할지도 몰라. 뜨거운 볕 아래에서 일하는 거보다야 훨씬 나을 거야."
그는 에둘러서 말하며 머릿속에 감도는 근심마저 내쫓고자 했다.
오후가 되어, 평상시의 안정을 되찾고 싶어진 그는 그녀를 설득해 호스텔 근처 작은 무인 카페를 찾아 들어갔다. 수중에 돈이 떨어져 가자 계속해 방에만 머물러 있으려 한 그녀였지만, 그런 근심을 그는 어떡해서든 떨쳐내게 하고 싶었다. 게다가 이곳에선 에스프레소를 서서 마시면 1유로, 가게 안에 들어가 자리를 잡고 앉아 빵 하나와 커피를 함께 즐기면 2유로면 됐다.
그녀는 샌드위치 하나를 집어 접시에 올렸다. 주먹만 한 크기인 데다 양념 묻은 양배추 얼마간과 구운 지 한두 시간을 지났을 햄을 넣은 샌드위치였다. 그는 소시지와 올리브, 하얀 설탕 가루가 올려진 피자 한 조각을 담았다.

자리에 앉자 그녀는 두 사람의 접시를 번갈아 훑어보며 서로의 사정이 측은하다는 표정을 지어 보였다. 그녀를 달래듯 그가 말했다.

"이만하면 잘 나오는 거지. 맛있게 먹자."
"별로 당기지 않지만, 먹어야겠지?"
"배 안 고파?"
"응. 지금 별로 생각이 없어."
"그래도 나중에 배고플 수 있으니 지금 먹어 둬."

그녀는 여전히 내키지 않는다는 표정이었지만 그의 설득에 겨워 샌드위치를 한 입 베어 먹기 시작했다.

"그때 줄 서서 먹은 샌드위치가 생각난다. 왜, 여기 현지인이 추천해 준 샌드위치 집 있잖아."
"응, 기억나. 두꺼운 번에 치즈랑 돼지고기를 넣은 샌드위치 말이지?"
"맞아. 그거 무척 맛있었는데."
"하하. 또 가면 되지 뭐."
"언제?"
"하루 이틀 지나서 가 볼까?"
"그래, 좋아."

그녀는 기분이 조금 나아졌는지 어깨를 살짝 들썩이며 샌드위치를 마저 다 먹었다. 그런 그녀를 보니 어쩐지 미안해졌다. 하지만 곧 수중에 돈이 들어올 테니 지금의 사정일랑 가볍게 넘기자고 생각했다.

그는 자리에서 일어나 커피를 내리러 갔다. 그 시각 카페 안은 아무도 없어 아주 조용했다. 잠시 후면 커피 내리는 소리가 이 좁은 무인 카페를 점령할 기세였다.

그때 한 젊은 커플이 문을 열고 들어왔다. 나이가 얼추 그들과 큰 차이 나지 않는 20대 초반 정도로 보이는 커플이었다. 그들은 들어오자마자 곧장 그의 뒤로 와서 섰다. 그가 곧 비켜줄 모양새로 한옆으로 살짝 비켜서니 남성이 그의 등에 대고 예의 "천천히 하세요" 했다. 그의 태도가 호의적이어서 얼굴을 자세히 들여다보지 않았는데도 친근감이 들었다.

커피가 다 내려지자 자리에 돌아온 그는 이상하게 기분이 한결 나아진 걸 느낄 수 있었다. 그녀 또한 좀 전보다는 밝아진 표정이었다.

"분위기라는 것이 확실히 전염되나 봐. 쟤들 보고 있으니 덩달아 기분이 좋아지네" 하고 그녀가 말했다.

"그러게. 우리도 찌뿌드드한 기분을 떨치고, 쟤들처럼 기분 좋은 영향을 미치도록 노력해 보자."

두 사람은 젊은 커플이 알게 모르게 전해준 화기애애한 분위기 속에서 커피를 즐겼다.

방으로 돌아온 그는 내일에 대한 설렘을 안고 침대에 몸을 편히 뉘었다. 그녀는 어떤 기분인지, 가까스로 몸을 뉘는 분위기였다.

각자의 침대에 나란히 누운 두 사람은 멍하니 천장을 바라봤다. 해가 아직 높다랗게 남아 있어서 그는 뭔가 기록할 만한 것이라도 찾고 싶어졌다.

"무슨 생각해?"

"아무 생각도. 넌?"

"나도 아무 생각하지 않아."

"⋯⋯."

잠시 후 무심결에 잠결에 들려 하자 그는 마지막으로 한 번 더 안부를 묻듯 그녀에게 물었다.
"지금도 아무 생각하지 않아?"
"아니. 지금은 우리가 있는 이곳, 광대한 바다 그리고 저녁은 뭐로 먹을지 생각하고 있었어."
그는 그녀의 상상을 끌어다 그의 눈자위로 살포시 얹혔다. 그리고 그 위에 다시 그의 상상을 덧대 "난 지금 막 너와 함께 요트를 타고 세계를 일주하러 떠났어"라고 말하곤 그녀 쪽으로 몸을 돌려 누웠다. 그러자 그녀도 재밌는 상상이라며 그를 향해 몸을 돌려 누우며 말했다.
"바다에서 난 뭐 하고 있는데?"
"넌 그냥 바다야."
"왜 내가 바다야?"
"넌 언제나 내가 안길 품이니까."
"그럼 넌 뭔데?"
"난 항해사지."
"나도 같이 항해하고 싶어."
"넌 바다니까 언제나 나와 같이 항해하고 있는걸."
"그런 거야?"
"그런 거야."
그녀가 그의 옆으로 몸을 옮겨 왔다. 그러곤 눈높이를 그와 나란히 하고 눈을 감았다. 그녀를 한 손으로 따뜻하게 감싸안으며 그도 눈을 감았다. 두 사람은 그렇게 늦은 오후의 낮잠을 편안하게 즐겼다.
저녁때가 되니, 그녀가 이번엔 그를 데리고 어딘가로 향했다. 도착한 곳은 항구 가까운 곳에 자리한, 아담하면서도 고

급스러운 분위기가 풍기는 한 레스토랑이었다. 유명한 맛집인지 문 앞에는 이미 많은 사람이 줄을 지어 서 있었다. 한국인들도 많이 보였다.

"여기야"라던 그녀는 줄지어 선 사람들은 아랑곳하지 않고 그의 손을 잡아끌고 식당 안으로 곧장 들어갔다. 그를 식당 안 한 넓은 좌석에 앉힌 그녀는 으레 들어서면 해야 할 순서대로 하지 않고 사람들을 구경했다.

"메뉴 뭐로 할지 골라야지?"

그가 바삐 움직이는 점원들의 눈치를 살피며 말했다. 그러자 그녀는 예약해 뒀다는 말로 대답을 얼버무렸다. 그리곤 한다는 말이 "여기 한국인들 사이 꽤 인기 있는 집이야. 해물밥이 유명한데, 알싸한 맛이 한국인 입맛에도 맞나 봐"다.

그녀의 돌발 행동에 그는 난처해하면서도 목을 길게 빼고 위엄 가득한 태도로 가게 안 구석구석을 둘러봤다. 과장되고 뻔뻔한 행동을 해서라도 그녀의 편을 들어줘야겠다는 생각이 들어서다. 또 한편으로는 그녀의 이런 마음을 헤아려주지 못한 미안한 마음에 잠시 시선을 피할 필요가 있었다. 그런데 그녀가 더 크고 낭랑한 목소리로 떠들었다.

"미안해할 필요 전혀 없어. 갑자기 매콤한 것이 당겨서 찾아보게 된 거야. 우리 한식다운 한식을 안 먹은 지도 좀 됐잖아. 게다가 여기, 한 그릇만 시켜도 두 사람분의 양이 나올 만큼 가성비가 좋아."

그제야 그는 무안해하면서도 얼떨떨한 얼굴로 그녀를 건너다봤다.

얼마 안 있어 그녀가 미리 주문해둔 해물밥이 나왔다. 그녀 말대로 한 그릇 양이 두 사람의 배를 채우고 남을 만큼

풍족했다. 더욱이 꽃게며 새우며 갖가지 해산물이 한가득 들어갔을 뿐만 아니라 한국의 고추장을 넣은 것처럼 맛이 매콤달콤했다. 이곳에 온 뒤로 정말 오랜만에 먹는, 제대로 된 한 끼가 아닐 수 없었다.

혀를 감치는 깊은 장맛을 온몸 구석구석 저장하고 식당을 나온 두 사람. 술을 먹은 것도 아닌데 기분 좋은 흥취가 올라왔다. 그런 두 사람이 거니는 항구 주변으로 와인 가게가 줄을 서다시피 했다. 내친김이란 생각에 그는 포트 와인 한 병을 사서 나왔다. 그녀가 피식 하고 웃는다.

곧장 집으로 들어온 두 사람은 여흥이 사라질까 재빠른 손놀림으로 테라스에 술잔 세팅을 마쳤다. 그러자 어둠이 내린 항구에 달은 언제 둥실 떠올랐는지, 두 사람의 와인 잔 안으로 넘실대며 들어왔다. 창해에 떠 있는 두 사람의 꿈과 희망이 꿀꺽꿀꺽 목구멍으로 잘도 시원하게 넘어가자 그 언제 맛 본 적 없는 깊고 진한 맛이 온몸을 후끈하게 달군다. 그러자 그 어떤 이야기를 나누지 않아도 서로를 위하고 달래는 얘기가 귓가에 살포시 속삭이는 듯하다.

고작 한두 잔 마셨을 뿐인데 알딸딸하게 취기가 오른 두 사람은 검은 바다에 머리를 감듯 고개를 내밀었다. 그러자 이들이 끝끝내 숨기지 못한 깊은 고뇌가 바다에 흘러들었는지 아니면 달빛이 몰래 얘기를 훔쳤는지, 저 먼 어물전에서 두 사람을 위하고 달래는 노랫소리가 귓가에 들려오는 듯했다. 아닌 게 아니라 밤물잡이를 떠나는 고깃배가 몰릴 시간이었으니, 여기저기에서 어부들을 배웅하는 구성진 노랫가락이 울려 퍼진 것이다. 몸은 떨어져 있어도 분위기는 이들에 맞춰 마지막 남은 와인을 비울 때까지 함께 잔을 기울였다.

온몸이 묵직하게 내려앉는 느낌이 들고서야 두 사람은 마지못해 잠에 들었다. 불 켜진 방 안, 달콤한 와인 향이 두 사람 곁을 떠나지 않고 맴돌고 있다.

새롭게 찾아온 기회와 위기

*

 그날 밤, 그녀는 실로 오랜만에 꿈을 꾸었다.

 마을 뒷산에서 조팝나무꽃을 한 아름 꺾어 안고 내려오고 있는 한 여성이 보인다. 그녀 주변에 기척이라곤 전무하다. 철을 잊고 연중 만개한 들국화 핀 꽃길을 따라 화사한 표정의 그녀는 걷듯 뛰고, 뛰듯 또 걸었다.
 그리하여 다다른 곳은, 끝이 보이질 않는 폭포수가 떨어져 내리는 곳이다. 이 폭포가 어디에서 출발했는지는 아무도 몰랐다. 다만, 저 어딘가에서 그녀를 애타게 기다리는 누군가가 있다는 사실만이 그녀를 위로해 주었다.
 폭포수 주변으로는 잠을 잊은 백발의 노인들이 홀로 장기를 두거나 쏟아 내리는 폭포를 멍하니 바라보고 있다. 그 곁을 바짝 지나가는 이 있어도 안부를 묻는 일 만무하다.
 그녀는 그런 그들의 무관심에 감사해하며, 조팝나무 꽃잎을 하나둘 따다가 폭포수에 흘려보내며 눈물로 얼굴을 짓이

겼다. 사라져가는 꽃잎을 바라보며 결국 눈물을 왈칵 떨궜다. 흐느끼는 소리는 물보라에 쓸려 사라지고, 오직 앙상한 나뭇가지만이 덩그러니 그녀 손에 남았다. 그녀는 몸서리치게 서러운 마음을 차마 이겨내지 못하고 나뭇가지에 가시를 돋구어 가슴이 사라질 때까지 뭉개고 또 뭉갰다. 한참을 문지르며 소리 없는 울음을 토해낸 그녀가 힘없이 고개를 들었을 땐 그녀의 가슴에 채 마르지 못한 검붉은 피가 흘러나와 발아래로 떨어졌다. 가슴에 기어이 또다시 상처를 내고야 만 그녀였다.

정신이 혼미해진 그녀는 터벅터벅 깊은 동굴을 향해 걸어갔다. 잠깐의 시간이 흐른 후, 그녀가 다시 모습을 보인 곳은 깊은 산골 화전민이 버리고 간 굴피집이다. 그곳에서 그녀는 실오라기 하나 걸치지 않은 채 낡은 거적 위에 누워 있다. 그녀의 눈동자는 이미 초점을 잃었으며, 온몸은 파랗게 경직된 상태다. 그녀의 의식은 땅 아래 산이라 불리는, 칠흑같이 어두운 치유산 둘레 길을 따라 천천히 내려가고 있었다.

산중턱 어느 마을에서 희뿌옇게 다시 모습을 드러낸 그녀는 오두막집에 홀로 앉아있는 한 아이와 눈을 마주치게 됐다. 남아인지 여아인지 알 수 없는 아이는 세상 그 어디에서도 본 적 없는 깊은 원망과 슬픔에 찬 눈빛으로 그녀를 바라봤다. 생명의 기운이라곤 느껴지지 않는 섬뜩하리만치 차갑고 공허한 표정이다. 그녀는 그만 온몸이 으슬으슬 떨리고 발걸음이 떼어지지 않는 걸 느꼈다. 그리고 왠지 모르게 이 아이를 어떻게든 그녀가 데려가야 한다는 생각이 들었다.

그녀는 떨리는 목소리로 아이를 불렀다. 하지만 어찌 된

영문인지 목소리가 나오지 않았다. 아이는 그런 그녀를 외면할 뿐이었다. 그 모습을 보니 심장이 쥐어짜이는 아픔이 느껴졌다. 아이를 부르고 다시 또 불러봤지만, 목소리는 차마 터져 나오지 않았다. 애끓는 마음에 그녀의 얼굴 위로 느닷없이 눈물이 흘러내렸다.

그는 잠결에 들려온 신음 소리에 잠이 깼다. 옆을 보니 그녀가 무슨 꿈을 꾸는지 슬픔에 겨워 흐느끼는 소리를 내고 있었다. 시계를 보니 새벽 2시. 잠든 지 얼마 되지 않은 시간이었다. 그는 그녀를 깨울까 하다 그녀가 다시 편하게 잠들기를 기다렸다. 하지만 그녀의 감은 눈가로 눈물이 타고 내리기 시작하자 그녀 스스로 꿈결임을 깨닫고 황급히 눈을 떴다.
"깼구나."
"어……. 꿈을 꿨나 봐…….""
그녀는 아무리 꿈결이라지만 자신의 그런 행동이 멋쩍었는지 말끝을 흐리며 어색한 웃음을 지었다.
"무슨 꿈을 꿨길래 눈물까지 흘리고 그래?"
그는 그녀가 꿈속에서 그토록 슬퍼한 이유를 알고 싶었다.
"그게…… 그게 말이지……."
그녀는 말을 쉬이 잇지 못했다.
"원래 꿈을 잘 안 꾸는데, 너무도 생생한 꿈을 꿨어. 그런데 가슴이 미어질 정도로 너무 아프네……."
아직 슬픔이 가시지 않았는지 그녀는 넘어오는 울음을 목울대에 잠재우려 노력했다.
"그곳은 천국과 지옥 어디쯤이 아니었나 몰라" 하며 시작

된 그녀의 꿈 이야기는, 듣고 보니 현실과는 너무도 동떨어진 허황한 이야기였다. 그는 피식 웃으며 그녀에게 "꿈은 대부분 개꿈"이라고 다독이며 다시 잠을 청하라고 했다. 그럼에도 그녀는 마음에 걸리는 무언가가 있는지 찝찝한 마음을 거두지 못하고 꿈을 곱씹어 갔다. 사실 그녀는 마지막에 보인 아이에 대해선 말하지 않은 상황이었다.

꿈에서 쉽게 빠져나오지 못하는 그녀를 보니 이래선 밤을 새울지도 모르겠다 싶어진 그는 "그만 자자"며 심드렁하게 말하곤 잠자리에 누웠다. 그리곤 피곤에 겨워 금세 코를 골며 자는 척했다. 그의 코 고는 소리가 점점 높아지자 그제야 그녀도 하는 수 없다는 듯 다시 잠자리에 드는 것이 느껴졌다.

하지만 그는 그녀가 다시 잠에 빠진 걸 확인할 때까지 잠이 오지 않았다. 정체 모를 애잔함이 달려들어 그를 쉬이 잠들지 못하게 했다. 한참을 뒤척인 후에야 겨우 잠이 들었나 보다.

다음 날 아침, 밀려드는 새벽잠을 겨우 이기고 그는 눈을 떴다. 날씨에 따라 기분이 달라지는 그녀를 대신해 먼저 날씨를 확인하기 위해서다.

커튼을 열어젖히니 다행히 하늘은 아무 일 없다는 듯 쾌청했다. 먹구름은 저만치 비켜 가고 있었다. 이에 반색하며 그는 조심스레 그녀를 깨웠다. 또 무슨 꿈을 꾸고 있는 건지, 미간을 찌푸린 채 자고 있는 그녀를 보자 그만둘까도 싶었지만, 함께하기로 한 약속을 생각해 끝까지 흔들어 깨우고 말았다. 꿈자리가 뒤숭숭했던 그녀는 몹시 피곤해했지만, 무거운 짐을 내려놓듯 기분 좋은 웃음을 지어 보이며 일어났다.

그리곤 카페인 가득한 블랙커피로 아침 여운을 달랜 후 힘차게 따라나섰다.
 하지만 밖으로 나선 지 몇 분도 안 돼 그녀는 땅바닥에 주저앉아 버리고 말았다. 잠을 설쳐선지 속이 메슥거리고 머리가 핑핑 돌 듯해서였다. 안타깝지만 그녀를 돌려세울 수밖에 없었다. 호스텔 입구까지라도 데려다주고 싶었지만 약속 시간이 다 돼 혼자 가게 내버려둬야만 했다.
 홀로 김 씨와의 약속 장소인 버스 터미널로 향하는 도중, 그는 그날따라 흡습한 공기가 옷자락을 무겁게 자꾸 잡아 내리는 것이 느껴졌다.
 터미널에서 김 씨를 만난 그는 함께 농장을 경유하는 버스에 올랐다. 기차가 더 빠르지 않냐고 물으니, 마을에서 농장까지는 약 5킬로미터 떨어져 있는데, 기차로 가는 것보다 버스로 가는 게 좀더 저렴하게 치이고 차창 밖으로 구경할 거리도 있다고 김 씨는 설명했다.
 출발 시간이 되자 버스는 천천히 정류장을 빠져나가 마을이 품은 항구를 등지고 약간 언덕진 길을 향해 달려갔다. 버스 뒤로 흙먼지가 폴폴 날릴 만큼 충분히 맑고 푸른 날씨였다.
 "이곳 버스 여행은 언제 봐도 정말 멋지답니다."
 "…… 함께 갈 수 있었다면 더 좋았을 텐데, 정말 기분 좋은 날씨네요."
 "아, 누가 같이 가기로 하셨군요. 그분과는 어떤 사이인가요?"
 미로와는 단순한 친구 사이라고 해야 하나, 아니면 좀더 깊은 의미로 미래를 함께할지도 모를 연인 사이라고 해야 하

나. 또 아니면 짝사랑이 될 뻔했다가 인연처럼 이곳에서 다시 만나게 된 여인이라고 말해야 하나.
그러다 그는 되려 질문을 던졌다.
"당신 옆에는 사랑하는 사람이 있나요?"
"그럼요. 아침에 눈을 뜨면 언제나 햇살처럼 빛나는 그녀가 있답니다. 하지만 눈을 뜨기가 무섭게 서로 밥벌이를 하러 나가야 하므로 낮에는 좀처럼 볼 수가 없고요."
"이곳 생활이 여유로울 거로 생각했는데, 그렇진 않은가 보네요. 지금 하고 계신 일엔 만족하시나요?"
"그러면 좋겠지만, 우선은 서로의 자리에서 좀더 제대로 된 역할을 해내길 바라고 있답니다. 그러기 위해 현재 많은 노력을 기울이고 있고요. 그러다 보면 언젠가 일도 만족스러워지고 생활도 여유를 찾아가리라 생각합니다."
"그때까지 그분이 계속 옆에 있어 줄 거라고 믿나요?"
이는 김 씨를 빈정거려 한 질문이 아니다. 그 자신에게 던지는 질문과도 같았다. 다행히 김 씨는 그 어떤 오해 없이 대답해 줬다.
"물론이죠. 그녀도 저도 언제까지나 함께할 거랍니다."
확고에 찬 김 씨를 보니 덩달아 긍정의 에너지가 샘솟는다. 안전 속도를 지키며 달린 버스는 그사이 해안 절벽 가까이서 탁 트인 전망을 선물하고 있었다.
그는 창밖으로 손을 뻗었다. 바다와 육지의 바람이 그의 손을 부드럽게 타고 넘는다. 바람결이 손끝에서 섬세하게 머물기 시작하자 짙푸른 평야는 끝없이 펼쳐지고, 풀을 뜯으며 여유롭게 노니는 소 떼와 양 떼를 지겹지 않을 만큼 볼 수 있었다. 분명 저 소와 양을 키우는 사람은 평야 어딘가에서

한눈팔 겨를도 없이 무리를 예의주시하고 있으리란 생각도 들면서.

버스 중간 정차역에선 그도 잠시지만 내려서 초원을 해작거리는 놀이를 안아볼 수 있었다. 그럴 때마다 버스가 출발하기 전, 그의 등 뒤를 가득 메운 흡습했던 공기도 달아나는 듯했다.

*

그 시각, 온몸의 세포가 겨우 숨 고르기를 기다려 그녀는 호스텔로 돌아갔다. 가는 도중 그가 있는 곳을 향해 돌아보기도 여러 번. 겨우 방을 찾아 들어간 그녀는 자신의 상태를 살피려 침대 옆 거울을 바라봤다. 그러자 거울은 그녀를 연신 튕겨내는 듯했다.

그녀는 정신의 문제일 수도 있다 여기고 발코니로 나갔다. 그곳에서 그가 꺼내 물곤 했던 담배를 찾아 한 모금 빨아먹었다. 하지만 기대했던 것과 달리 지독하고 역겨운 맛이 느껴져 천천히 타들어 가는 담뱃불을 원망하는 눈빛으로 째려봤다. 그만할지 하다가 다시 한 모금 더 빨았다. 그러자 이번엔 속이 뒤집힐 듯 울렁거려 도저히 견딜 수 없게 됐다.

어쩔 수 없이 입술을 지그시 깨문 그녀는 다시 밖을 나와 약국을 찾았다. 증상을 말하자 약사는 잠시 고민하는 듯하더니 선반에서 두 종류의 약품을 꺼내 보였다. 하나는 몸살 약이고, 또 하나는 임신 테스트기라고 했다. 그리곤 우선 둘 다 가져가 보라고 했다. 이 약사가 지금 바가지 씌우려 하는 건가? 불쑥 그런 생각도 들었지만, 걱정스럽다는 표정으로

그녀를 바라보는 약사를 보니 그건 아니겠구나 싶어 몸살 약만 달라고 했다. 임신 테스트기라니 말도 안 되는 소리다 치부하며. 그런데 약국 문을 나서려는데 번뜩 하나의 생각이 스치면서 정신이 아득해져 갔다.

방에 도착한 그녀는 세차기가 무서운 심장 박동을 느끼며 욕실로 들어갔다. 그새 그녀의 두 눈은 퀭하다 못해 홉떠 있었다. 그리고 얼마 안 있어 그녀의 이름처럼 그대로 미로에 갇힌 기분이 들고 말았다. 자신조차 다잡지 못한 세상인데, 과연 이 생명에게 세상을 아름답게 보여줄 수 있을지 하는 두려움이 일었다. 하지만 이보다 더 마음 약하게 하고 정신을 혼란스럽게 하는 게 있었으니, 그가 과연 이 사실을 어떻게 받아들일지 하는 거다. 가늠할 수 없을 정도의 아픔과 두통이 찾아왔다.

그러다 그만 생각을 고쳐먹었다. 내 속으로 품었으니 상대가 누구인들 무슨 상관이랴. 또 세상에 태어난 모든 존재가 가치 있고 소중한 것을, 그녀 또한 누가 뭐라든 자신을 세상에서 가장 소중한 존재라 확신하고, 끊임없이 스스로를 세뇌하며 지금껏 잘 지켜내 오지 않았나. 그만 그리 생각하고, 두려움을 떨쳐 보기로 마음먹었다.

바로 전까지 괴어있던 시간이 흐르기 시작하자 아픔은 차츰 사라지고 용기란 것이 차오른다.

*

그가 탄 버스가 농장에 가까워졌는지 듬성듬성 보이던 올리브나무가 어느 순간 길 따라 아치형을 이루며 농장으로 가

는 길을 안내했다. 어른 키 높이만 한 나무들은 노루막새로 오르다 더는 길이 없는지 푸른 북대서양으로 길을 돌려 나가고 있었다. 그 끝에 보기만 해도 눈과 마음이 시원해지는 농장이 있었다. 어림짐작건대 1억 제곱미터 정도 되는 규모에 1천만 그루는 족히 돼 보였다. 이 많은 나무를 이만큼 유지하기까지 누가 도대체 얼마나 많은 수고를 들였단 말인가. 농장 규모는 아버지가 돌보신 사과 농장과 양계장 규모를 다 합친다 해도 비할 바가 아니었다.

버스는 농장에서 200미터 정도 떨어진 곳에 그들을 내려줬다. 드넓은 초지가 평탄하게 양옆으로 펼쳐지며 마음을 평안하게 감싸는 곳이다.

천천히 걸어 농장 입구로 보이는 곳에 도착하니, 그와 비슷한 연령대로 보이는 한 남자가 저벅저벅 둔탁한 장화를 이끌며 그들에게로 다가왔다. 남자는 김 씨와 악수하더니, 그들에게 농막으로 따라오라고 손짓했다.

남자가 등을 보이며 농장 언덕을 향해 앞장서서 걷기 시작하자, 김 씨는 서너 발짝 정도 되는 거리를 두고 따라나서며 그에게 농장주인에 대해 간략하게나마 설명을 해줬다.

올리베이라 곤잘레스라는 이름을 가진 농장주인은 올리브 농장을 운영하는 2세대이며 3세대 즉, 그의 아들이 바로 이 남자 올리베이라 안데르손 씨라고 했다. 현재 도시에서 이름난 회사에 다니고 있지만, 언젠가 아버지의 농장을 이어받을 계획으로 주말이면 농장에 와서 일을 익히고 있다고 했다. 그러자 새삼 안데르손 씨를 올려다보게 된 그다.

그런데 이런 그의 행동을 본 김 씨가 갑자기 정색하곤 한껏 목소리 톤을 낮춰 단호하게 말했다. 말 못 할 부끄러운

비밀도 있다고. 귀를 솔깃하게 하는 말에 그게 무슨 말인지 물었지만, 김 씨는 의미심장한 미소만 지을 뿐 더는 말해주지 않았다. 이윽고 농막이 보이기 시작하자 솟구쳤던 흥미는 반감돼 사라져 버리고 말았다.

농막은 올리브 산 중턱쯤에 있었는데, 가는 동안 바삐 움직이는 작목반원이 여럿 보였다. 김 씨는 그들 대부분이 동남아시아에서 돈을 벌기 위한 목적으로 이곳에 자리를 잡은 사람들이며, 한 10여 명만이 그의 경우처럼 여행비 또는 생활비를 벌 목적으로, 혹은 취미 삼아 올리브를 재배하는 방법을 배워갈 목적으로 이곳에서 일하고 있다고 설명했다.

농막에 이르니, 허리까지 자란 생머리카락을 고무줄로 질끈 동여맨 농장주인이 그들을 기다리고 있었다. 환갑을 넘은 나이로 보이는 농장주는 급히 일꾼을 부르더니 애피타이저와 점심을 내놓게 했다. 이쯤에서 김 씨는 자신은 그만 돌아가 봐야 한다고 인사하곤 농장을 유유히 빠져나갔다. 김 씨의 모습이 눈앞에서 완전히 사라질 때까지 그는 눈을 떼지 않고 지켜보며 농막에 올라앉았다.

곧 그의 앞에 한 상이 차려졌고, 농장주는 농장에서 직접 생산한 올리브오일을 활용한 샐러드와 카나페라고 강조하며 한번 천천히 먹어 보라고 권했다.

농장주가 선보인 샐러드는 총 3가지 종류였다. 메인은 직접 키운 염소의 젖을 이용한 치즈 파스타와 닭 구이라고 했다.

그는 먼저 농장주가 가리킨 치즈 샐러드 파스타를 무르팍 가까이 가져갔다. 한국에서 유통되는 올리브오일과 별 차이가 있을까 하는 생각도 잠시, 샐러드를 감싼 오일은 색깔부

터 확연한 차이를 보였다. 벌꿀을 담아낸 것 같은 진한 노란색의 오일은 혀에 닿기도 전에 지중해의 온화하고 기품 넘치는 풀잎 향을 솔솔 풍겨냈다.

맛은 또 어떨는지, 텁텁했던 입안 가득히 샐러드를 밀어 넣자 처음엔 약간의 떫으면서도 쓴맛이 조화롭게 느껴지는 듯하더니, 후미로 파도가 휘몰아치듯 톡 쏘면서도 쌉쌀한 맛이 올라왔다. 이건 마치 지중해 한 바퀴를 단숨에 질주한 느낌이었다. 두 눈이 번쩍하고 크게 떠졌다.

그런 그의 반응을 기다렸다는 듯 농장주는 회심에 찬 눈빛으로 본격적인 설명을 이어갔다. 자신은 농장을 50년째 가꿔오고 있으며, 자신이 가꾼 올리브는 최상품에 해당해 이로 만든 오일 또한 동급에 해당한다고 말했다. 이를 가리켜 흔히들 엑스트라 버전이라고 일컫는데, 어떤 단계를 거쳤든 이는 인간이 매긴 기준일 뿐 모두 동일한 품질을 지닌 오일이라고도 말했다. 농장주가 올리브 한 알 한 알에 얼마나 많은 정성과 사랑을 기울이는지 알 수 있는 대목이었다.

샐러드를 더욱 천천히 음미해 나가는 동안 그는 농장 여기저기를 둘러봤다. 오랜 시간 돌봐온, 관록이 짙게 느껴지는 농장이다. 아름드리 올리브나무가 줄을 맞춰 지중해 바람을 따라 장엄한 춤사위를 연출했다. 나무 사이사이에는 서로에 대한 배려와 조화를 꿈꿀 정도의 간격이 잘 형성돼 있다. 인위적으로 조성된 곳일지언정 자연에 대한 경이로움으로 다가왔다.

찬가가 이어지는 새 그의 눈에 꽤 많은 염소가 풀을 뜯고 노니는 모습이 들어왔다. 염소 무리에서 시선을 떼지 못하자 농장주는 올리브나무가 염소의 좋은 밥이 된다고 말했다. 염

소를 키움에 있어 한 가지 더 좋은 이점으로 염소가 농장 여기저기 난 잡초를 뜯어 먹어 이를 제거하는 데 손을 덜 수 있다고도 말해줬다.

  단 한 사람의 일꾼을 상대로 이토록 시간과 정성을 들여 농장을 소개하는 농장주라니, 극히 드문 경우라고 여긴 그는 크게 감복하지 않을 수 없었다. 그는 당장 내일부터라도 일을 시작하고 싶다고 말했다.

  그러자 농장주는 의도했든 의도치 않았든 그에게 은밀한 시선을 던지는가 싶더니 좀더 들어보라는 말을 하곤 한 템포 느릿한 목소리로 설명을 이어갔다. 먼저 그는 자신이 여행자들을 대상으로 일할 기회를 주고 있는 것은 올리브농장이 주는 매력을 알게 하는 데 주된 목적이 있다고 강조했다.

  한때 사람들이 도시로 빠져나가며 이곳 농장도 일손 부족에 시달렸다고 한다. 적잖은 자금 투자로 최신 기계를 도입함으로써 손을 메꾸고 관광객을 대상으로 한 체험 농장 운영으로 다행히 활기를 되찾긴 했지만 또 언제 쇠퇴 길로 접어들지 모르는 염려를 안고 있다고. 더욱이 근래에 이상 기후가 잦아지면서 지금 당장 농장이 문을 닫는다 해도 놀랄 일이 아니라고.

  그럴 바에 하고 내린 하나의 결론이, 농장의 명맥을 유지하기 위해서라도 올리브나무 작목법을 외지인에게도 전파해전 세계적으로 신의 은총이라 할 만한 올리브농장을 번창시키는 거라고 밝혔다.

  이에 더욱 탄복한 그는 자신도 모르게 언젠가 한국에서 올리브농장을 가꾸겠노라고 말해버리고 말았다. 정말 그 순간 그의 마음이 그랬다. 그 자신조차도 농업은 아예 처음부터

배제하고 도시에서의 꿈과 미래를 설계했으나 새로운 길을 찾고자 나선 지금, 이 또한 그에게 새로운 기회일지도 모른다는 생각이 와락 스며들었다. 어쩌면 그 과정에서 아버지가 자신에게 기대했던 것을 조금은 이룰지도 모를 터였다.

농장주와의 대화는 그러고도 한 시간이 더 지나서야 마칠 수 있었다. 그럴 수밖에 없었던 게, 탐방 체험객이 이곳을 대거 찾은 탓이다. 농장에서는 매년 관광객들을 대상으로 탐방 체험을 진행해 오고 있는데, 농장주는 그들과 함께 농장 이곳저곳을 구경하고 가라고 권했다. 그는 이를 흔쾌히 수락하고, 사람이 오랜 세월에 걸쳐 자연과 깊이 있는 공감으로 빚어낸 농장의 맛과 향을 탐닉했다.

해 질 무렵이 되자, 농장주는 마지막 일정으로 농장의 비경을 보여주겠노라며 그들 모두를 모노레일에 태워 언덕배기로 데려갔다. 그곳에서 그는 태어나 이토록 멋진 풍경을 본 적 있나 싶을 정도의, 그 어떤 말로도 형용할 수 없는 아름다운 노을을 숨죽인 채 바라볼 수 있었다.

준비된 모든 일정을 마치고 농장 밖으로 나서는 길, 그는 농장주에게 내일부터 열심히 일하겠노라는 다짐을 보인 후 관광객들과 함께 항구 마을로 돌아왔다.

그가 호스텔 앞에 도착했을 때는 시간이 벌써 저녁때를 가리키고 있었다. 지금쯤이면 그녀의 몸이 조금은 나아졌겠지, 그가 없어 조금은 외로웠을지도 몰라, 하며 문을 열었다. 테이블 모퉁이로 마시다 만 위스키가 보인다. 그 옆으로 이불에 얼굴을 파묻고 누운 그녀가 있다.

"정말 긴 하루였어. 하지만 좋은 소식은 내일부터 바로 농장에서 일을 시작할 수 있다는 거야. 너도 갔어야 했는데,

정말 아름다운 농장이야. 사람은 거들 뿐이란 말을 실감할 수 있었어."

그는 괜스레 호들갑을 떨며 말했다.

"몸은 좀 괜찮아? 약이라도 사다 줄까?"

그제야 그녀는 몸을 바로 앉히고 그를 향해 시답잖다는 표정을 지어 보였다. 그리곤 들릴 듯 말 듯 아주 작은 목소리로 뭐라고 중얼거렸다.

"응? 뭐라고?"

"나 임신한 거 같다고."

일순 그는 좀 전까지만 해도 깃털 같던 온몸이 소낙비에 젖으며 힘겹게 내려앉는 기분이 들었다. 그런 심정이면서도 그는 내색 없이 "축하해. 정말 축하해" 하곤 그녀를 있는 힘껏 껴안아 줬다. 그런 그를 오히려 그녀가 힘껏 밀쳐내며 퉁명스러운 소리를 뱉었다.

"정말 축하해?"

"그럼 당연하지. 축복받을 일이잖아."

"이 아이, 네 아이가 아닌데……."

그는 그녀가 더 하려던 말을 괜찮다며 잘랐다. 그리곤 더 따뜻하게 안아주며 부드럽게 말했다. "네 모든 걸 사랑해……"라고. 그녀의 마음이야 돌연한 상황에 혼란스럽기에 그지없겠지만, 모든 난관을 잠재울 만큼 그의 사랑이 지고지순하다는 것을 보여주고 싶었다. 누가 뭐라고 하든…….

그녀는 그런 그의 행동에 더는 화를 내거나 밀쳐내지 않았다. 오히려 아까까지만 해도 복잡했던 심경이 단정히 놓이는 기분이 들어 자신의 속내를 부단히 들여다보는 중이었다. 그럴수록 둘의 엉킴은 더욱 단단해지고 있었다. 한여름 밤이

둘의 뜨거운 눈빛 속에 저물고 있다.

다시 시작된 여행

*

  두 사람은 여전히 포르투 마을의 어느 호스텔 방에 있다. 반 고흐의 그림 속 메뚜기처럼, 오롯이 멈추고 싶은 그 시간 그대로의 모습으로 떠오르는 아침 태양을 맞이하고 있다. 그 모습은 어찌 보면 활동을 개시하기 전, 햇살에 몸을 덥히는 도마뱀을 연상시킨다.
  농장으로 출발할 시간이 가까워지자 그녀가 먼저 몸을 부릴 강한 의지로 나갈 채비를 서둘렀다. 그리곤 눈 깜짝할 사이 모든 준비를 마치고 그가 준비를 마치기를 기다렸다. 그런 그녀를 보며 그 또한 의지에 더욱 불을 지폈다. 그녀도, 새로운 생명도 반드시 이 두 손으로 든든하게 안아내겠다고 다짐했다. 그때쯤이면 올리브나무는 마치 새하얀 산호초에 조가비가 박힌 형상처럼 웅장하게 교태를 부릴 것이 틀림없다.
  항구의 비릿한 바다 내음과는 차원이 다른 농장 입구에 다

다르자, 작목반원들이 하나둘씩 농장 안으로 들어서는 모습이 보였다. 다들 주춤대는 모습은 찾으려야 찾을 수가 없고, 그저 농장 초입에 놓인 울타리 안으로 성큼성큼 걸어 들어갈 뿐이다.

그는 그녀를 돌아봤다. 피곤한 기색이 보이긴 하지만 슬기로운 생기가 분명 감돌고 있었다. 그는 그녀의 손을 힘차게 움켜잡았다. 그리고 그녀의 보폭에 맞춰 농장 언덕을 올랐다. 밤사이 굳어진 움푹 팬 발자국들은 그와 그녀에게 든든한 디딤돌이 돼주고 있었다.

농막에 모인 반원들은 하나같이 안전 작업복으로 보이는 조끼를 몸에 걸치고 챙이 넓은 모자와 목장갑을 착용하고 있었다. 바람이 잘 통할 것 같은 통기성 재질의 작업복 착용을 마친 반원들은 이어 농막 옆에 따로 놓인 테이블에서 올리브 오일을 한 숟가락씩 따라 먹고 있었다. 오일을 살갗이 드러난 몸 군데군데 바르는 이도 보였다. 주술적인 의미이긴 하나 이는 오일이 병을 내쫓고 행운과 풍요, 평화를 안겨주기 때문이라고 누군가가 설명해 줬다. 축복을 준다는 의미도 있다기에 작업복을 걸친 그와 그녀도 빠짐없이 따라 했다.

모든 작업 준비가 끝나자 농장주가 반원들 앞으로 나가 "올리브는 한 해 걸러 한 번씩 열매가 맺히기에 올해 수확에거는 기대가 크다"며 "품질이 좋은 오일을 짜내기 위해선 지금이 가장 많은 정성을 기울여야 할 때이니, 모두 조심스레 그리고 세밀하게 작업해 주길 바란다"고 당부했다.

마지막으로 농장주가 시작, 즉 "코메수(começo)"라고 외치니 다소 무게감 있는 분위기를 풍기는 작업반장 셋이 자리를 대신했고, 이들이 반원들을 모노레일에 태우는 것으로 농

장의 일과는 본격 시작됐다.

 농장의 정상에 도착하자 반원들은 농장 아래로 점차 내려가며 열매를 솎거나 익은 열매 일부를 수확하는 것으로 작업 과정은 그려졌다.

 먼저 여성 작목반원들이 수확할 나무 아래 그물을 치면, 남성 작목반원들이 도리깨 같은 도구를 이용해 나무 몸통을 톡톡 쳐서 잘 익은 열매를 떨궜다. 오전엔 이 한 가지 일만 농장 구석구석을 돌며 진행됐다.

 오후엔 그룹을 나눠 한쪽은 열매가 촘촘히 나 있는 곳을 골라 뽑아 성기게 하는 작업을 하고, 다른 한쪽은 그물에 떨어진 잎 더미 속에서 열매를 손으로 일일이 분리해 내는 작업을 했다. 이때 열매에 상처가 나지 않게 섬세한 작업이 동반됐다. 그렇게 분리된 열매들은 작업반장들이 바로 옆에서 크기와 상태에 따라 상중하로 분류해 상자에 옮겨 담았으며, 작업이 끝난 상자는 반원들이 다시 모노레일에 실어 농장의 중간쯤에 자리한 저온 냉장실로 보냈다. 반원들의 역할은 딱 여기까지였다. 저온 냉장실은 올리브를 압착하는 마지막 작업 과정이 이뤄지는 곳으로써, 오직 농장주와 그의 가족과 다름없다고 할 수 있는 작업반장들만이 출입이 허용됐다.

 모든 작업은 이렇듯 체계적으로 진행됐으나, 처음 해보는 그와 그녀에겐 좀처럼 쉽지 않은 일이었다. 작업하는 동안 서로를 쳐다보거나 대화할 시간은 전혀 나지 않았다. 점심을 먹을 때가 되어서야 잠깐 옆에 앉아 조용히 식사한 게 고작이었다. 오후도 마찬가지였다.

 하루 작업량을 마칠 무렵이 되자 그제야 그는 등을 펴고 그녀를 찾기 위해 주위를 두리번거렸다. 다행히 멀지 않은

거리에서 연신 몸 여기저기를 주무르고 두드리는 그녀가 보였다. 이리저리 쫓아다니며 일을 했기로 표정은 한결 개운해 보였다. 이런 상황이 그는 오히려 다행이다 싶은 생각이 든다. 그 어떤 고민도 정신없이 일하는 동안에는 머릿속을 파고들 생각을 못 할 테니까.

돌아가는 길, 둘은 조용히 해 질 녘 핏빛으로 물든 지평선을 바라보며 안식을 찾고 누가 베었는지 모를 건초더미 냄새를 맡으며 지나왔다. 그리고 그날 밤 두 사람은 그 어느 때보다도 깊은 잠자리에 들 수 있었다. 밸 보이들의 자박대며 거니는 발걸음 소리만이 좁은 문틈 사이로 들려올 뿐이었다.

농장에서 보내는 바쁜 하루하루는 이로부터 한동안 지속했다. 그러다 보름 정도가 지나니 농장 일도 어느 정도 몸에 익혀져 점차 여유 시간까지 벌게 됐다. 그러는 사이 이곳으로 흘러들어온 여행자들의 다양한 이야기가 여행의 설렘을 지칠 줄 모르고 전해줬다.

우즈베키스탄에서 왔다는 중년의 한 남성은 3년 전, 한 달 해외여행을 계획하고 왔다가 그만 이곳 생활에 매료돼 이민까지 하게 됐으며, 농장에서 일한 지는 2년째라고 했다.

30대 후반으로 보이는 프랑스인 남자는 가톨릭 신자로서, 유명한 성지인 이곳을 찾아 순례를 시작했다가 농장을 발견하게 됐고, 신의 열매라 불리는 올리브 재배법을 한 번쯤은 알아보고 싶다는 생각에 발을 들이게 됐다고 한다.

독일인이라고 소개한 젊은 여성 셋은 대학에서 작곡을 공부하는 음악인들로, 포르투갈의 폭넓은 음악사에 매료돼 다 함께 이곳을 찾았다고 한다. 그러다 1년이 넘게 돌아갈 생각을 못 하고 오히려 이곳 학생들과 어울려 밤이면 밤마다 버

스킹 공연을 하고 있다고 했다. 농장에서 일을 하게 된 건 순전히 호기심 때문이라고.

　뉴질랜드에서 장장 서른 시간이 넘는 비행을 하고 왔다는 청춘 남녀 한 쌍도 있었다. 얼마 전 무인카페에서도 만난 적 있는 이들이었다. 누가 봐도 다정한 커플로 보인 두 사람이었지만, 서로가 일관되게 연인이 아닌 여행을 목적으로 한 관계라고 했다. 이유야 어쨌든 두 사람은 1년에 한 번씩 자신에게 주는 선물로서 해외로 여행을 떠나는 공통점이 있었는데, 이번에는 같이 한 번 다녀보자고 하곤 이곳을 찾게 됐다고 한다. 농장에서 일을 하게 된 건 우연히 농장 체험에 참여했다가 압도하는 풍경에 그만 매료돼서라고. 그러다 지금은 자국으로 돌아갈 경비까지 탕진하는 바람에 서둘러 이를 충당하기 위해서라고 했다.

　한국에서 왔다는 60대 후반의 노년 부부도 있었다. 한 씨와 그의 아내로, 남편이 은퇴하면서 세계 일주를 계획하고 왔다가 농장주인과의 오랜 인연으로 이곳에 잠시 정박하게 됐다고 한다. 앞으로 석 달 정도가 지나면 인도 방갈로를 거쳐 다시 한국으로 돌아간다고.

　이렇듯 다양한 여행자들의 사연에 부대끼며 두 사람은 농장 일에 더욱 감화돼 갔다. 수많은 이야기를 담고 밀려온 파도에 모래가 적셔지듯 점점 동화돼 태양 아래 빛나는 조약돌이 돼 갔다.

다시 써 보는 기억의 습작

＊

 평온하기만 한 일상도 반복적이고 맹목적으로 흘러간 한 달이 되니, 그는 차츰 조바심에 차오르기 시작했다. 급할 거 없이 천천히 그리고 제대로 자신의 내면을 들여다보고, 자신에게 있어 좀더 중요하다고 여겨지는 일을 찾아보자던 그를 더욱 담금질한 건 농장주의 아들, 안데르손 씨의 영향이 컸다. 그는 주말이면 어김없이 농장을 찾아, 언젠가 자기 힘으로 농장을 돌보겠다는 계획을 조금씩 실천해 나가는 중이었다.
 한편, 아는지 모르는지 여행자들의 다양한 이야기는 안데르손 씨에게도 전해져 주말이면 어김없이 농장으로 향하게 만들고 있었다. 곁에서 봤을 때 단순히 이방인한테서 갖는 호기심으로 찾는 것이라고 볼 수도 있지만, 그럴수록 그와의 사이도 점차 좁혀져 두 눈이 마주치는 일이 잦아졌다. 한 번은 농막으로 향하는 길에, 또 한 번은 도리깨 작업을 한창

하던 중에, 또 한 번은 수확한 열매를 냉장실로 옮기는 중에……

새삼 자신을 부끄럽게 하는 안데르손 씨에게 먼저 다가간 건 그였다. 그와 비슷한 연배라는 사실과 일찍이 자신에게서 찾을 수 없던, 가업을 잇겠다는 그의 열정에 반해 용기를 냈다.

그날 안데르손 씨는 농장 위로 드론을 띄우는 시도를 하고 있었다. 그런 그와 다시 한 번 두 눈이 정면으로 마주치자 그는 낭랑한 목소리로 인사하며 다가갔다. 불편해하진 않을까 하는 약간의 염려가 들기도 했지만, 이날이 아니면 말을 나눌 기회를 영영 놓칠지도 모른다는 생각에 대한 저항 심리가 그를 부추겼다.

"요즘 드론으로 농장을 관리하기도 한다던데, 이렇게 보기는 처음이에요. 우와."

때마침 떠오른 드론에 감탄까지 실어 보내니, 안데르손 씨는 쑥스러워하다가 해벌쭉 웃어 보였다.

"저도 처음 해봅니다. 잘 돼야 할 텐데……"

이 말의 연결을 잘 살리기 위해 그는 더욱 고조된 목소리로 격려와 함께 질문을 던졌다.

"처음이라고요? 이야, 정말 대단하세요. 드론을 띄워서 무얼 하실 참인지 물어봐도 될까요?"

"촬영된 영상으로 농장의 수확 상황을 살펴보려고 해요. 넓은 농장을 일일이 돌아다니며 수확 상황을 살피기보다 이렇게 확인하는 게 훨씬 수월할 테니까요."

"그렇겠네요. 농업도 점점 스마트화되어 간다는 소식을 접했긴 하지만, 이렇게 직접 보기는 처음이에요. 아버지께서도

참으로 대견해하시겠어요."

"하하, 그렇진 않으실 거예요. 전통 방법을 고수하시는 분이시거든요. 그렇다고 제가 하는 일에 반대하진 않으시고, 어떻게 하는지 가만히 지켜보시지요."

그 말을 들으니, 두 사람 사이가 신뢰와 믿음으로 이어져 있다는 생각이 들었다. 한편으로는 자신과 아버지 사이는 어떠했는지 하는 생각이 스치기도 하면서. 그러다 끝끝내 아버지를 향한 불신과 배척으로 일관한 지난날이 떠오르는 듯해 머리를 가로저으며 지금에 집중하려 했다.

"주중엔 회사 다니시고, 주말엔 농장에 오셔서 일을 돕고 계신다고 들었어요. 힘들진 않으신가요?"

"조금은요. 그래도 제 꿈이 여기 있으니까요."

"당신의 꿈이 무엇인지 물어봐도 될까요?"

이미 김 씨로부터 전해 들은 내용이긴 하지만 그의 입으로 직접 듣고 싶어졌다.

"제 꿈은 세계에서도 가장 넓고 우수한 올리브농장을 가꾸는 거예요. 아버지께선 세계 여러 지역을 중심으로 올리브농장이 보편적으로 가꿔지길 바라시지만, 전 우리 농장을 세계 최고로 가꾸는 게 목표예요."

"대단하세요. 인생의 목표를 이토록 어린 나이에 세우기 쉽지 않은데."

"스물다섯 살 무렵에 든 생각이니, 그리 어린 나이도 아니에요. 하하. 그전엔 대학을 졸업하면 남들보다 더 잘 나가는 회사원이 되겠다고만 생각했거든요."

그 말을 들으니 자신과 다름없던 상황이었기에 동기가 캐묻고 싶어졌다.

"그렇다면 꿈을 전향하게 되신 계기가 있으신가요?"
 여기서 안데르손 씨는 무언가에 흠칫 놀란 것처럼 잠시 손을 멈추는가 싶더니, 곧 의미심장한 표정을 지어 보이며 말을 이었다. 그 순간 안데르손 씨의 표정에서 기묘한 흥분기와 비장감마저 감돈다고 느껴진 건 왜인지…….
 "나무를 하나하나 돌보기 시작하니 어느 날 더 큰 나무가 눈에 들어오더라고요. 바로 농장이라는 이 큰 나무가요. 그래서 깨닫게 됐죠. 제 안에 큰 나무가 일찍부터 자라고 있었다는 걸요."
 "그랬군요. 꿈을 발견하게 되신 당신이 참으로 부럽습니다."
 그는 시새움과 선망을 그대로 담아 말했다. 그러자 안데르손 씨가 되물었다.
 "당신의 꿈은 무엇인지 궁금하네요?"
 이미 다 알 것 같았지만 능청스럽게 느껴지진 않았다.
 "이제 찾아보려 합니다."
 그는 높이 떠오른 드론에 시선을 고정하고 이같이 말을 흘렸다. 뒤이어 안데르손 씨가 무슨 말인가 했지만, 바람에 씻기듯 희미하게 사라져갈 뿐이었다. 이 말이 뒷날 그에게 어떤 위기를 암시한 것인지도 모른 채…….
 집으로 돌아와 샤워를 마친 그는 발코니로 나갔다. 그녀는 아직 조금 이른 저녁 식사를 뭐로 할지 고민하는 중이라 여겼다. 밤이슬에 젖은 발코니 창 앞에서 담배를 피워문 그는 시선을 난간 아래로 떨어뜨리고 연기를 길게 내뿜었다. 때마침 켜진 가로등에 뿌연 연기가 거둬지자 삼삼오오 귀국길에 오른 사람들의 모습이 보였다. 하나같이 가벼운 발걸음이다.

돌아가는구나……. 그래…… 가야지. 돌아가야지……. 그는 한동안 이 말만을 되뇌다시피 했다.

*

그가 발코니에서 그렇게 혼자 말을 되뇌는 동안 그녀는 조용히 호스텔 밖으로 빠져나갔다. 온몸이 녹신거려 서둘러 빈속을 채울 필요가 있어서다. 그리곤 바로 위로 그들의 객실이 보이는 건너편 식당 테라스에 자리를 잡고, 그가 자신을 발견하고 곧장 따라 나와주길 기대하면서 테이블에 놓인 메뉴판을 펼쳤다.
 소개된 메뉴의 처음부터 찬찬히 살피며 읽어 내려간 그녀의 눈이 멈춘 건 마지막에 적힌 샐러드 요리였다. 한 가지 요리처럼 보였지만, 나열된 다양한 토핑 재료 가운데 무얼 선택하는지에 따라 색다르게 즐길 수 있는 요리였다. 문득 여행을 떠나오기 전, 그와 함께한 식당이 떠오른 그녀는 그곳이 샐러드를 전문으로 하는 식당이란 걸 기억해 내고는 이끌리듯 샐러드 요리를 주문했다.
 점원이 요리를 갖고 나오길 기다리는 동안, 그녀는 다시 한 번 객실 발코니 쪽으로 난 창을 올려다봤다. 하지만 그는 보이질 않았다. 그렇다고 자신을 발견하고 식당으로 내려온 것도 아니었다.
 어쩔 수 없지, 라는 생각으로 그녀는 주문한 메뉴가 나오자 홀로 맛보기로 했다. 빈속이 안 그래도 요란한데, 정처 없는 영혼의 세계가 더욱 활짝 문을 열려 하고 있었다.
 샐러드를 한입 가득 넣자, 그녀의 온몸은 놀라운 속도로

이를 받아들이기 시작했다. 위에 다다랐을 때는 지중해 파도가 그녀의 온몸을 덮치더니, 얼마 안 가 지중해를 데우고도 남을 태양의 따사롭고도 온화한 빛이 온몸 깊숙이 전해지는 것이 느껴졌다. 지금껏 경험해 보지 못한 차원이란 생각이 들었다.

그녀는 서둘러 기억의 습작을 써 내려갔다. 그리고 한 접시를 다 비우게 됐을 때는 별안간 새로운 도전에 대한 의욕이 슬금슬금 피어났다. 이번 선택은 지금까지와는 결을 확실히 다르게 하고 있었다.

결국 그녀가 접시를 다 비우기까지 그는 내려오지 않았다. 대신 그녀의 생각에 마침표 하나가 찍어졌다. 지금껏 숱한 꿈으로 머릿속이 복잡한 그녀였지만, 도전해 본 적 없는 새로운 데서 번뜩이는 하나의 생각이 멈춘 것이다. 그건 어쩜 그와의 관계에서도 아버지와의 관계에서도 그녀를 미장하는 것이라는 생각도 들었다. 그 길에서 자신의 역할을 찬찬히 찾아 나서 보자는 결심이 들자 왠지 모를 작은 희망 하나가 피어났다.

잊고 지낸 기억과의 조우

*

  여느 때와 다르게 발코니에서 긴 시간을 보낸 그날부터 그는 새벽 일찍 홀로 농장으로 나갔다가 캄캄한 저녁 무렵에야 시큼한 땀 냄새를 풀풀 풍기며 돌아왔다. 평소와 다르게 그녀 또한 그날부터 아침나절이면 어디론가 나갔다가 저녁때가 되어서야 돌아오곤 했는데, 돌아올 때면 어김없이 식욕을 자극하는 갖가지 음식 냄새가 몸에 흠씬 밴 채였다.
  하지만 두 사람은 서로에게 그 어떤 영문도 묻지 않았다. 그는 그대로 그녀는 그녀대로 잠시 혼자만의 울타리 안에서 시간을 보낼 필요가 있다고, 모르는 척 눈감아 주는 것이 서로를 위하는 것이라 여기며 대신 일상적인 대화만 나눴을 뿐이었다. 저녁 메뉴는 뭐로 할지, 항구 마을에 무슨 새로운 사건은 없었는지, 가게에선 또 어떤 음악이 흘러나왔는지 등을 말이다. 한편으로 두 사람 모두 귀국까지 한 달이라는 시간을 내다보고 있는 참이었다.

확실히 남들과 다른 부지런한 몸놀림으로 농장주의 눈에 들고야 말겠다던 그의 다짐은 이뤄져 가고 있었다. 하루를 예닐곱 시간으로 보내는 이곳에서 새벽 별이 사라지기도 전에 나와 다시 어두컴컴한 밤이 되어서야 돌아가는 그의 모습이 어느샌가 농장주의 눈길을 끌고 있었기 때문이다. 반원 대부분이 해가 어느 정도 차올랐을 때 모였다가 해산하는 게 고작인 데다가 더욱이 농장주의 포부엔 나 몰라라 여행 자금을 충당하는 정도에 그쳤는데 반해 그는 누가 봐도 농장주의 뜻을 이어가겠다는 목표 하나로 작업 전반의 과정을 터득하고자 부단히도 노력하는 모습을 보이던 터였다.
　수확 작업도 어느 정도 중반을 넘어갈 무렵, 그날도 그는 농장에서 남들보다 이른 아침을 맞이하고 있었다. 그날따라 시간은 유난히 느리게 흐르고 있었고 아침 안개는 더욱 자욱했다. 보이는 건 한 사람이 발 딛고 설 쓸쓸하리만치 고요한 한 평 남짓한 공간뿐이었다. 이것이 마치 아직은 이곳을 떠나야 할 때가 아니란 걸 말해주는 듯했다. 그 바람에 정신이 몽롱해지더니 그만 꿈을 꾸었나 보다.
　꿈이라곤 하지만 그는 그곳이 어디인지 알았다. 아버지와 일주일에 한 번씩은 꼭 들리는 마을회관 앞 공터였다. 마을 이장이셨을 무렵 아버지가 회관에서 어르신들과 회의를 할 때면, 그는 공터에서 친구들과 혹은 혼자서 구슬치기, 딱지치기, 제기차기 등을 하며 아버지를 기다렸다.
　그날도 그랬다. 동무들은 다들 무얼 하는지 보이질 않아 혼자 놀이를 하고 있었다. 해가 뉘엿뉘엿 넘어갈 무렵까지. 그런데도 아버지가 회관에서 좀처럼 나올 기미가 보이지 않자, 슬슬 지루하고 피곤이 몰려왔다. 하는 수 없이 쪼그려

앉아 땅에다가 나뭇가지로 그림을 그리며 시간을 보내고 있는데, 꽁이가 '꼬꼬' 하며 점점 그가 있는 쪽으로 다가오는 것이 들렸다. 강아지도 아닌데 설마하니 주인을 찾아 나섰을까. 하지만 이런 의구심도 잠시, 그의 품에 안기려 꽁이가 날개를 퍼덕이며 달려들었고, 그런 꽁이가 너무 기특하고 반갑게 느껴졌다.

꽁이는 그가 초등학교에 입학하고 얼마 지나지 않았을 무렵, 아버지를 졸라 겨우 얻어낸 병아리 친구다. 아니, 어느새 훌쩍 자라 중닭이 됐으니 중닭 친구라고 해야 맞겠다.

외아들이어서 혼자 보내는 시간이 많았던 그는, 하교 때 학교 앞에서 파는 병아리를 보고 아버지에게 곧장 달려가 병아리 한 마리를 사달라고 졸랐었다. 아버지는 처음엔 반대하셨지만, 며칠이 지나 병아리 한 마리를 장에서 사다 주셨다. 이보다 더 어렸을 무렵엔 날아다니는 새를 잡아달라며 떼를 쓴 적이 있던 그였기에 아버지는 "하늘에서만이 진정한 자유를 누리는 새를 소유하려 하는 건 지나친 이기심"이라며 "대신 날지 못하는 병아리를 키우는 것에 만족하라"라고도 말씀하셨다.

그날부터 그는 하교 시간을 손꼽아 기다리게 됐고, 병아리 이름을 꽁이라 짓고는 동생처럼 데리고 놀았다. 그런 꽁이가 그가 보이질 않는다고 집 문턱을 넘어 찾아와 준 것이다.

그날의 감회에 젖어 홀로 조용히 미소를 지어본다. 그러다 다시 현실에 안착하려 눈꺼풀을 힘 있게 감았다 떴다. 그때 난데없이 수탉 한 마리가 그의 앞에서 푸드덕 날갯짓하더니 올리브 나뭇가지 초리에 올라앉아 지평선을 깨우는 소리를 길게 내뿜었다. 참으로 오랜만에 들어보는 소리였다. 기억의

감정에 다시 한번 무너지고 만 그는 하는 수 없이 다시 꽁이를 만나러 기억의 저편 문을 열었다.

하지만 웬일인지 이번엔 꽁이가 보이질 않았다. 동네 이리저리를 돌아다니며 찾아봐도 어딜 간 건지 보이질 않았다. 그는 그만 체념하고 집으로 돌아갔다. 그리고 더는 찾지 않았다. 꽁이가 사라졌는데, 왜 나는 아버지나 어머니께 울며 보채지 않았던 걸까. 그 이유에 대해선 몇 년이 지나고서야 알게 됐다.

중학생이 되면서 무척 말수가 적어지고 반항심이 생겨나기 시작한 그는, 언제부턴가 학교 수업이 끝나면 곧장 집으로 가지 않고 오락실로 향했다. 거기서 한바탕 게임을 신나게 즐기고 난 뒤 한두 시간이 지나 집으로 가곤 했다. 그때부터였다. 꽁이를 혼자 있게 내버려두기 시작한 건.

집안으로 들어서면 꽁이는 반갑다며 대문 앞에서부터 쫑쫑거리며 쫓아 왔지만, 그는 이를 본체만체하고 방 안으로 들어가 버렸다. 이런 그를 아버진 종종 불러 어르고 달랬다. 지금껏 동생같이 여기며 놀아주던 꽁이에게 갑자기 왜 그러냐며. 그럴 때마다 그는 또 속으로 생각했다. 어른이면서도 참으로 감성적인 말씀을 하신다고.

그러길 몇 달. 어느 날 하교하고 보니 마당 한가운데를 커다란 닭장 하나가 차지하고 있었다. 아버지가 온종일 닭과 씨름하기 시작한 것도 그날부터였던 걸로 기억된다. 아버진 지금껏 해오신 사과 농사를 내팽개치다시피 하시고, 닭 키우는 걸 생계 수단으로 삼아 버리셨다.

게다가 아침이면 그에게 닭이 낳은 알을 함께 거두자 하셨고, 하교해 집에 오면 닭똥을 치우자고 하셨다. 고등학생이

될 때까지 공부하라는 말보다 그 말을 더 많이 하셨을 정도로 아버지의 다그침은 계속됐다. 그럴수록 닭을 키우는 울타리는 더욱 확장해 갔고, 그 모습이 마치 강제수용소와도 같다고 여겨졌다.

꽁이는 그리하여 그의 기억 속에서 완전히 잊혔다고 생각했다. 그런데 그게 아니었나 보다. 다 자라서 우렁차게 자신의 위치를 알리고, 역할을 제대로 해내는 저 늠름한 자세를 보라. 저건 분명 다 자란 꽁이의 모습이 분명했다. 수탉에게서 꽁이가 아른거리며 겹쳐 보인다. 그지없이 경솔하고 비겁하기까지 한 그의 앞에 나타나 준 것이다.

그는 생각했다. 어쩌면 꽁이는 사라진 게 아니라 닭장 안에 있었을지도 모르겠다고. 또 어쩌면 아버진 그를 대신해 꽁이를 자식처럼 여기고 돌봤을지도 모르겠다고. 또 어쩌면, 점점 멀리 달아나는 부모 자식 사이의 애착을 꽁이를 비롯한 수많은 닭에게서 찾으려 했는지도 모르겠다고…….

그는 또 생각했다. 꽁이가 지금 떠오른 건, 알게 모르게 지금껏 자신이 이런 생활을 얼마나 그리워했는지를 넌지시 말해주는 것일지도 모른다고…….

그럴수록 아버지를 향한 그리움이 가슴에 사무쳤다. 그리고 기억은 어김없이 호젓한 고향의 풍경으로 이어졌다.

한편, 멀리서 이 모습을 가만히 지켜보던 이가 있었다. 농장주였다. 새벽 공기를 들이마시며 농장을 살피던 그는 안개 속에서 가물거리는 그의 그림자를 보게 됐다. 한동안 같은 자리를 맴돌며 깊은 생각에 빠진 듯한 그를 보자 무슨 일인가 싶어진 농장주는 얼마 지나지 않아 그를 불렀다.

정적을 깨우는 소리에 정신을 차린 그는, 서서히 걷히는

안개를 헤치고 소리가 들려오는 곳을 향해 달려갔다.

"홀로 한자리에서 한참 동안 생각에 빠진 당신을 봤습니다. 무얼 생각하고 계셨는지 물어봐도 될까요?"

농장주는 중후하면서도 따뜻한 목소리로 물어왔다. 이는 스스럼없이 그가 가진 생각을 끄집어내게 만드는 힘이 있었다.

"네, 잠시 고향에서의 추억을 떠올려봤어요. 제가 어렸을 때만 해도 둘도 없는 형제와 같이 지내던 닭 한 마리가 있었는데, 커가면서는 나 몰라라 해버렸네요. 농장에 있는 수탉을 보니, 그동안 까맣게 잊었던 그 녀석이 문득 떠오르더라고요."

"그랬군요. 추억은 자신의 양분이 되어 더욱 성숙하게 만들지요. 사람처럼 동식물도 마찬가지랍니다. 특히 올리브는 2년마다 열매를 맺는데, 지난 추억을 잊지 않기에 다다음 해에 더욱 제대로 익어가는 거랍니다. 잊지 마세요, 추억을. 당신에게 언젠가 행복으로 보답할 거니까요."

"네. 때가 지나서 후회하는 일도, 그 추억을 잊어버리는 일도 더는 만들지 말아야겠다는 생각이에요."

그는 위아래 입술을 꾹 다물며 맹세했다.

그런 그의 모습에서 묘하게 신뢰를 느낀 걸까, 농장주는 한 가지 더 당부의 말을 덧붙였다.

"올리브는 신의 선물이랍니다. 신이 이 지구상에 내리신 인간 다음으로 가장 큰 선물이지요. 하지만 그저 바라보기만 하면 아무 변화도 가져다주지 않아요. 선물이 제대로 된 힘을 발휘하기 위해선 세월의 흐름과 시대의 변화를 받아들일 자세가 필요하죠. 쉽지 않은 일이에요. 저도 여전히 노력하는

중이고. 다행인 건, 아직 젊은 당신에게서 그 기본적인 자세가 보이기 시작했다는 거예요. 지금 느낀 그 생각을 끝까지 잊지 말았으면 합니다"라고 일침을 가해 주었다.

그런 농장주가 그는 무척 고맙게 느껴졌다. 또 덕분에 힘이 났다. 마지못해 하게 된 생각은 아닌지, 이 길이 정말 내가 가야 할 길이 맞는지 하는 의문은 부지불식간에 들이닥치곤 했기 때문이다. 사람들은 가끔 자신이 어떤 사람인지 잊고 사니까. 다행인 건 그런 과정에서도 그의 배낭 안에는 올리브 작목 방법에 관해 세세히 적은 노트가 하나둘씩 늘어가고 있다는 거였다.

안개가 걷히고 올리브나무 사이사이로 햇살이 스며들었다. 그는 고개를 들어 따사로운 햇살을 바라보았다. 눈이 부신 빛줄기는 하나둘씩 모이더니 뜨겁게 일렁이는 태양을 만들어 냈다. 그래, 저 태양처럼 내 깊은 마음에선 이미 정해둔 길일지도 몰라. 그는 가만히 손을 뻗어보았다. 하지만 아직은 갈 길이 멀었는지 손안에 잡히지 않았다.

변함없는 신뢰를 농장주로부터 배운 그는 퇴근길, 걸어서 호스텔로 돌아가기로 마음먹었다. 어릴 때 종종 집과 학교 사이 5킬로미터에 달하는 거리를 걸어 다니곤 했었기에 부담이라곤 전혀 없었다. 게다가 지금 같은 기분이면 무엇에도 흥미를 느낄 수 있을 것만 같았다.

익숙하게 지나쳤던 들판의 풍경들이 천천히 눈에 들어온다. 옅은 달빛 아래에서 널따란 붉은 흙길을 지나자 광활한 초원이 펼쳐 보인다. 들판 여기저기에는 여전히 여유롭게 휴식을 취하는 가축무리들이 있다. 익숙한지 사람이 지나가도 쳐다보지 않는다. 오로지 되새김질에 열중할 뿐이다.

그 모습에 관심을 보이는 건 되레 그였다. 발길은 계속 가던 방향대로 가는데 고개는 자꾸만 뒤로 돌려졌다. 그런 그를 만월의 달빛이 환히 비춰주고 있다. 그는 문득 지금 고향의 달은 어디쯤 떠 있을까 생각했다.

길은 낮아졌다가 높아졌다가 그러다 점점 더 언덕으로 치달았다. 굴곡진 언덕을 오르니, 다 자란 꽃대들이 비단 물결처럼 일렁였다. 가느다란 허리는 금방이라도 꺾어질 듯한 자세지만, 그 누구보다 유연하리란 걸 잘 안다. 바람이 불어오는 대로 꽃대는 부드럽게 출렁일 것이다.

풀숲에선 귀뚜라미들이 이 이상은 자기들의 영역이라며 힘차게 두 날개를 비벼대는 소리를 냈다. 하지만 이따금 불어오는 바람에 소리가 묻히자, 지나가는 나그네의 하루 피로를 달래주는 노래처럼 들렸다.

어느덧 어둠이 장착된 항구의 마을이 내려다보이고, 촘촘히 그리고 나지막이 들어선 집들 사이로 우람하게 솟은 올리브나무 몇 그루가 눈에 들어왔다. 대서양의 거대한 물줄기를 거머쥐어서인지, 검푸른 밤바람에도 우아한 손짓과 반짝이는 눈빛을 잃지 않았다.

푸른 빛을 발하는 가로등 불이 켜진 좁은 골목길을 따라 천천히 마을 안으로 걸어 들어갔다. 언덕을 등지고 무엇이든 삼켜버릴 듯한 바다를 향해 앉은 마을에 들어서니, 누구를 이토록 기다리는 건지 그의 눈과 귀가 절로 그리움을 좇았다. 어머니는 지금쯤 괜찮아지셨을까. 무심하게 떠난 하나뿐인 아들을 오매불망 기다리고 계실 터이지? 마을을 내리비추는 고요한 달그림자 위로 고향에 계신 어머니 얼굴이 아른거린다. 무척 수척해 보인다. 죄스러운 마음에 고개를 바로 들

지 못하자 그의 심정을 이해하듯 구름이 다시 달을 가렸다.
 어느덧 캄캄한 어둠을 뚫고 도착한 첫 번째 올리브나무 앞. 그런데 거기에 생각지 못한 그녀가 마중 나와 있었다. 한참 동안 기다린 건지 쪼그려 앉아있다가 몸을 펴는 그녀의 몸이 고돼 보인다.
 "늦었네?"
 "걸어서 오느라고. 여기서 날 기다린 거야?"
 "그럼 이 밤중에 내가 왜 여기 나와 있겠어."
 "그렇긴. 하하. 힘들게 다음부터는 그러지 마. 저녁 무렵이면 도착할 거니까."
 "알았어. 저녁은 먹었어?"
 "아니, 가는 길에 뭘 좀 먹을까 하고 있었지. 너는?"
 "뭘 좀 사서 들어가면 싶은데. 아니면 괜찮아 보이는 식당으로 들어가는 것도 괜찮고."
 사랑스러운 그녀의 손을 따뜻하게 감싸 쥐고, 그는 "원하는 대로"라고 말해줬다.
 늦은 저녁 시간, 좁은 골목에 자리한 가게들에선 여행자들의 외롭고도 쓸쓸한 마음을 위로하는 음악이 흘러나오고 있었다. 그중 운명을 덤덤히 받아들이는, 포르투갈 특유의 정서를 담아낸 '파두(Fado)'는 두 사람을 몽롱한 의식 한가운데로 이끌어 집에 대한 깊은 애착을 불러일으켰다.
 이를 가만히 듣고 있던 그녀가 갑자기 노래를 흥얼거리기 시작했다.
 "밤비 내리는 영동교를 홀로 걷는 이 마음. 그 사람은 모를 거야, 모르실 거야. 비에 젖어 슬픔에 젖어 눈물에 젖어 하염없이 걷고 있네, 밤비 내리는 영동교……."

이를 알아들은 그도 다음 소절을 따라 불렀다.

"잊어야지 하면서도 못 잊는 것은 미련 미련 미련 때문인가 봐."

여기까지로 노래를 마친 두 사람은 서로를 마주 보며 한바탕 크게 웃었다.

"너 이 노래 어떻게 아는 거야?"

"아, 다는 모르고 뒤 소절만 알아."

"난 이 노래 우리 엄마 18번 곡이어서 아는 거야. 어릴 때 자주 들었거든. 영동교가 어디쯤 있는진 알아?"

"당연히 알지."

그녀가 말했다.

"난 거길 비 오는 날 걸어본 적 있어."

그는 아무것도 묻지 않고 가만히 있었다.

그러는 동안 그녀는 잠시 그날을 떠올렸다. 민석을 더는 만나지 않겠다고 결심한 날, 그녀는 부슬부슬 밤비가 내리는 영동대교를 거닐며 다시는 사랑이 그립다고, 목마르다고 무작정 남자를 곁에 두는 일이랑 하지 않겠노라고 다짐했다. 그럴수록 더욱 처절한 외로움이 밀려들어 아버지를 향한 원망이, 그러다가 어머니를 향한 불만으로 깊어졌다.

그녀가 다소 불안정한 목소리로 물었다.

"어머니가 많이 보고 싶겠다?"

"……지금은 걱정이 더 앞서. 어떻게 지내고 계실지……."

그는 씁쓸한 마음을 감추지 못하고 말했다. 그런 그를 달빛이 비춰 다소 여윈 얼굴을 드러냈다.

그를 측은히 바라보며 그녀가 물었다.

"전화는 드려봤어?"

"아직……."

"왜? 무척 기다리고 계실 텐데……."

"어머닌 마음을 추스를 시간이 좀더 필요하실 거야. 몸에 난 상처보다 가족에 대한 상흔이 더 깊은 법이잖아."

"넌?"

"괜찮아. 지금은 뭣보다 너와 함께하는 시간이 더 중요해."

그는 진지한 얼굴을 하고 그녀를 바라봤다.

"넌 어때? 그러고 보니 넌 한 번도 부모님에 대한 얘길 한 적이 없는 거 같아."

"괜찮아. 아무도 날 신경 쓰지 않을걸."

"분명 제대로 된 때가 찾아올 거야……."

이는 그 자신에게 하는 말이기도 했다.

갑자기 울적해진 분위기에 그녀의 기분까지 달래주고 싶어진 그는 괜스레 목청을 높여 "그러니 여기 있을 때 제대로 즐겨야지!"라고 말하고는 앞으로 뜀박질하기 시작했다. 그러자 그녀도 싱긋 웃고는 뜀박질하며 따라갔다. 그런 두 사람의 모습은 마치 달빛 아래에서 왈츠를 추는 것 같았다.

두 사람은 식당 대신 식료품점을 찾아 들어갔다. 가게에서 그는 정어리, 연어, 농어, 참문어 등 다양한 생선을 담은 통조림을 샀고, 그녀는 귀리와 당근, 병아리콩 등을 담았다. 포르투갈의 통조림 가게는 한국과 달리 종류가 다양하고, 패키지가 화려하면서도 예뻐서 가게를 나설 때쯤 두 사람의 손엔 양손 가득 식품이 들려있었다.

저녁을 먹고 난 후, 그녀는 최근 한 달 동안 있었던 일에 대해 말하기 시작했다. 그녀가 어떻게 해서 식당에 가기 시작하게 됐는지, 거기서 무슨 일을 했는지, 일하는 동안 힘들

었던 점과 즐거웠던 점은 무엇인지, 현재 자신이 할 수 있게 된 요리는 무엇인지 등을 말이다. 그러면서 틈틈이 식당 주인과 주방장에 관한 얘기를 술안주 삼아 곁들이며 속사포처럼 쏟아냈다.

그는 벙긋한 표정으로 호응해 가며 그녀의 말을 끊지 않고 들어줬다. 한껏 밝아진 표정으로 이야기하는 그녀를 보고 있노라니 새삼스레 무척 반가웠기도 했기 때문이다.

"내가 요리를 이렇게까지 좋아할 줄 몰랐어. 그냥 한번 배워보고 싶은 마음이 들어 도전해 봤는데, 배우면 배울수록 점점 더 재미있어지더라고. 물론 한 달밖에 안 돼 설거지며 청소며 허드렛일이 대부분이지만, 친절한 주방장 덕분에 한두 가지 요리를 배울 수 있었어. 보통은 1년이 지나야 가르쳐준다는데, 얼마나 다행인지 몰라."

그러다 그녀는 "어머, 나만 계속 떠들고 있네" 하더니, 부끄럽다는 듯 두 손을 입에 갖다 댔다. 남자 앞에서 좀처럼 내숭을 떨지 않는 그녀인데, 그의 정돈된 표정이 그만 말을 멈추게 했나 보다. 숙성에 따라 색이 변하는 올리브처럼 다양한 매력을 지닌 그녀가 더욱 사랑스럽게 느껴졌다.

"아니야. 더 듣고 싶어. 요즘 우리 대화가 뜸했기도 하잖아."

그는 진실로, 그녀가 말을 멈추면 큰일이라도 날 것 같은 표정을 지어 보이며 그녀에게 계속 이야기를 들려 달라고 부탁했다. 그녀의 이야기만으로 지새우기에 더할 나위 없이 기분 좋은 밤이었다.

그녀의 얘기를 듣는 사이, 밤은 어느덧 자정을 지나 새벽을 향해 달렸다. 그는 그녀에게 잠시라도 눈을 붙인 후 농장

으로 다시 함께 가자고 했다. 그녀는 식당 일을 한 달로 마무리한 상황이었다.
 "한동안 네가 보이지 않으니, 다들 소식을 무척 궁금해했어. 우리가 싸웠는지 물어보는 사람도 있었다니까. 오늘 네가 농장에 가면 다들 무척 반가워할 거야."
 "안 그래도 그럴 참이었어. 농장 일은 어때? 작업량이 아직 많이 남았어?"
 "수확은 10월이면 마무리될 거 같아. 좀더 익기를 기다리는 올리브가 있거든."
 "그렇구나. 올리브처럼 우리도 이곳에서 좀더 성숙해 가야 할 텐데……."
 "분명 그리될 거야."
 그는 한 손으로는 그녀의 손을 잡아끌고, 또 다른 한 손으로는 그녀의 허리를 부드럽게 두르면서 침대에 누웠다. 이런 둘을 시샘하듯 차창으로 밤바람이 세차게 불어 들어왔다.

두려움은 현실이 되고

아침이 되자 굵어진 빗소리에 그는 눈을 떴다. 그녀도 어느 틈엔가 일어나 창밖을 살피고 있었다.
"잠은 좀 잔 거야? 벌써 일어났네."
"빗소리에 깼어. 제법 많이 내리네. 괜찮을까?"
그녀는 여전히 날씨에 따라 기분을 점치고 있었다. 그는 핸드폰을 열어 기상 예보를 확인했다.
"농장에 도착할 무렵에는 어느 정도 그칠지도 모르겠어. 예보로는 강수 확률이 10퍼센트거든."
"그래? 그래도 집으로 돌아올 땐 비가 확실히 그쳤으면 좋겠어."
다행히 농장에 도착했을 땐 비가 어느 정도 그치고, 소리 없이 미지근한 바람만 불어왔다.
그녀가 온 걸 알게 된 반원 몇 명은 도착하기가 무섭게 그들 주위를 빠르게 에워쌌다. 그리고 각자 한마디씩 던졌다.

"다시 농장 일 하려고 온 거예요?", "어디 몸이 아팠던 건 아니죠?", "두 분 사이가 다시 좋아진 건가요?", "그동안 어떻게 보냈어요?"…….

여기에 그녀는 일일이 대답하며 반가움을 드러냈다.

그러는 와중 한 씨 아내가 그녀 귀에 대고 조심스럽게 귓속말하는 것이 보였다. 무슨 말을 했는지 그녀는 잠시 난처해하는 표정을 짓는가 싶더니 금세 생글생글 웃기만 했다.

작업 시간이 되어 그들이 모두 흩어지고 나자, 그는 그녀에게 한 씨 아내가 귀에 대고 무슨 말을 했는지를 물었다.

"어떻게 눈치채셨는지 물어보더라고. 그게 아니냐고 말이야."

"그랬구나. 여자들의 감이란 참으로 신통해. 기분이 나쁘거나 하진 않았어?"

"아니, 걱정해 줘서 오히려 고맙던걸. 몸조심하라고도 하고, 너무 늦기 전에 얼른 병원에 가라고도 하고……."

그 말을 들으니, 그는 몸을 편히 해야 할 그녀란 걸 까먹고는 이곳에 데려왔다는 생각에 책망이 들었다. 생각지 않은 두려움과 그녀를 향한 애처로운 마음도 함께 들었다. 하지만 농장 일에 집중하면서부터 그런 생각을 했다는 것 자체마저 까맣게 잊어버렸다.

오후가 되니, 그쳤다고 생각한 비가 다시 흩뿌리기 시작했다. 3시를 넘길 무렵이 되자, 작업 진행마저 어려울 정도가 됐다. 그러자 작업반장들은 반원들을 불러 모으더니, 오늘 작업은 이쯤에서 마치고 귀가할 것을 지시했다.

이 소식을 먼저 접한 그가 그녀를 찾기 시작했다. 함께 작업했다는 여자 반원들은 어느새 삼삼오오 짝을 지어 농막으

로 모여들고 있었다. 하지만 5분, 10분이 지나도 그녀가 보이질 않자 그는 그녀가 작업 중이었다던 곳으로 찾아 나섰다. 가는 동안 애끓는 소리로 그녀의 이름을 부르기도 여러 번. 빗줄기는 더욱 굵어지고 바람은 여민 옷깃을 파고들 정도로 거세지고 있었다.

*

그 무렵, 그녀는 몸을 사려 천천히 농막을 향해 걸어 내려가고 있었다. 빗줄기가 드세지긴 했으나, 급할 거 없이 조심해서 내려가야 한다고 생각했다. 그런 그녀 옆으로 아무런 기척도 없이 누군가가 다가왔다. 마치 도둑고양이처럼 걷는 소리를 그녀가 알아차릴 일은 없었다. 병아리들이 삐약삐약하며 어미 품을 찾아 뛰어들기까지는.

그녀는 푸드덕하는 소리에 놀라 옆을 쳐다봤다. 어미 닭이 날개를 쫙 펴고 병아리들을 꼭 감싸는 것이 보였다. 그리고 그 뒤 누군가. 엉거주춤한 자세로 살짝 당혹스러워하는 안데르손 씨가 눈에 들어왔다.

"깜짝이야. 놀랐어요. 얼른 내려가시지 않고 뭐 하세요?"
"전 그냥 당신을 도와드리려고……."

그는 그녀의 시선을 맞바로 못 보고 우물쭈물했다. 그의 행동에서 정말 별일 아닌 모양이다, 갈 길이 있나 보다, 그리 생각한 그녀는 무심하게 아주 짧게 괜찮다, 하고 다시 걸어 내려가려 했다.

그런데 그가 부리나케 쫓아와 그녀의 옷깃을 낚아채더니 횡설수설하기 시작했다.

"내려가면 안 돼요. 경우 씨는 당신에게 부족한 사람이에요. 얼른 이 비를 피해 올라가야 해요. 안 그러면 저 무서운 바다가 당신을 집어삼킬 거예요. 그는 당신을 지켜줄 수 없어요. 얼른, 얼른……."

가히 재촉하는 말로 들리긴 했지만 도저히 이해할 수 없는 말이었다. 평소 그에게서 볼 수 없었던 표정과 말투이기도 했다. 하지만 재차 그의 의중이 무엇인지 들여다볼 시간은 없어 보였다. 빗방울이 땅을 패기 시작했기 때문이다.

"괜찮아요. 전 그를 만나러 가야 해요. 그러니 안데르손 씨도 어여 조심히 가세요."

그녀는 애써 그를 안심시키려 차분한 목소리로 말하며 움켜잡힌 옷깃을 뺏다. 그리고 침착하게 한 발짝을 살짝이 옆으로 옮겼다. 다행히 아무 반응이 없다. 그녀는 안심하고는 다시 내리막길을 걷는 데 힘을 실었다.

그런데 무엇이 그의 심기를 건드린 걸까. 뒤에서 씩씩거리는 소리가 들리는가 싶더니 좀전의 횡설수설은 없고 다분히 신경질적인 소리가 그녀의 귀에 바로 꽂혔다.

"안 돼. 그쪽은 안 돼."

놀라 돌아보니, 그가 심기일전한 표정을 하고 곧장 그녀를 향해 손을 뻗어왔다. 그 순간 그의 눈에 섬뜩한 살의가 서려 있는 것이 보였다. 손가락 하나 꼼짝달싹도 못 하게 하는 그의 광기 어린 눈빛에 그녀는 그만 뒷걸음질 치다 균형을 잃고 넘어지고 말았다. 그러자 그녀가 몸을 일으킬 새 없이 육중한 몸이 미끄러지듯 그녀를 덮쳐왔다. 소리치며 발버둥을 쳐봤지만 소용없었다. 그럴수록 더욱 단단한 손이 그녀의 눈과 입을 가리고 끝내 숨통을 졸라왔다. 그녀는 지푸라기라도

잡겠다는 심정으로 필사적으로 손을 뻗쳤다.

 그때였다. 더는 자신의 힘으로 이 상황을 벗어날 수 없겠다고 생각한 순간 그녀를 애타게 부르는 소리가 들렸다. 한 줄기 빛처럼 다가와 준 그의 목소리였다. 그와 동시에 그녀를 덮치던 짐승 같은 몸뚱이도 사라져 버렸다.

*

 다시 한번 그녀의 이름을 목청껏 부르던 그는 다행히 그녀의 행적이라 할 만한 것을 찾아냈다. 그녀가 아침에 입고 온 보라색 티셔츠가 겹겹이 두른 나뭇잎들 사이로 비친 것이다. 그는 가슴을 쓸어내리며 그녀를 힘줘 불렀다.

 그러자 그녀가 조금씩 움직이는 모습이 보였다. 하지만 웬일인지 그녀의 모습이 다 드러나 보이기까지는 조금 시간이 걸렸고, 점점 다가와 준 그녀의 두 눈에 눈물이 가득 고여 있었다. 금방이라도 떨굴 것 같은 눈물을 훔치고 선 그녀의 얼굴에는 두려움인지 슬픔인지 모를 빛이 가득했고, 온몸은 부들부들 떨고 있었다.

 그녀를 안심시키려 품에 안으며 "괜찮아?" 하고 물었다. 그녀는 대답은 하지 않고 그를 더욱 바짝 당겨 안기만 했다. 그러곤 조금 진정이 된 듯하여지자 그를 힘없이 밀치고는 먼저 농장 아래로 걸어 내려가기 시작했다. 그 뒤를 그도 조용히 따라 걸었다. 까닭 모를 걱정스러운 마음을 떨칠 수 없었지만, 풀물과 흙물이 짙게 밴 그녀의 옷자락이 더는 아무것도 묻지 말라고 말해주고 있었다.

 집에 도착할 때까지도 그녀는 멍하니 앞만 바라볼 뿐 아무

말이 없었다. 저녁도 대충 먹는 둥 마는 둥 하더니, 침대에 들어가 부드러운 이불에 얼굴을 파묻고 잠을 청했다.

두렵고도 예상치 못한 일은 다음 날 일어나고 말았다. 이불이 스륵 대는 소리에 그녀가 일어났다는 걸 안 그는, 눈을 뜨지 않은 채 숨소리를 죽이며 그녀의 기분을 추측해 보고자 했다. 그런데 어찌 눈치챘는지 그녀가 다소 과장된 목소리로 말했다.

"항구에 사람들이 엄청나게 모여 있어. 뭔가 큰일이 벌어졌나 봐."

어쩔 수 없이 몸을 일으켜 그녀 옆으로 다가가 어스름한 창밖을 내다봤다. 그녀 말대로 항구에는 짙은 바다 안개에 둘러싸인 많은 사람이 보였다.

그녀는 무슨 다짐에 섰는지 "한 번 확인해 보고 왔으면 좋겠어" 하고 말했다. 이 말이 어딘지 모르게 그의 등을 강하게 떠미는 듯했다.

그는 어제의 일이 완결됐으리란 기대에 "내가 갔다 올게" 하고 말하고는 서둘러 돌아오리라는 요량으로 바람막이만 잠옷 위로 걸친 채 밖으로 나갔다. 새벽까지 세차게 내리던 비는 언제 그쳤는지 희뿌연 어둠 속으로 사라지고 없었다.

항구에 가까워질수록 사람들의 술렁이는 소리는 점점 더 크게 들려왔다. 밤새 잠 한숨 자지 못하고 전전긍긍했다느니, 관광객들에게도 알릴 필요가 있다느니, 대책을 제대로 마련해야 한다느니, 정리해 보자면 대략 이런 말들이었다.

그는 인파 속에 섞여 들어가 상황을 자세히 알아보고자 했다. 안개 때문에 사람들의 실루엣이 또렷이 보이기까지는 좀 더 시간이 걸렸지만, 차츰 차고 푸른 새벽빛이 돌면서 사람

들의 표정도 드러나기 시작했다. 그러자 그녀가 느꼈을 것이라고 짐작되는, 영문을 알 수 없는 섬뜩함이 그에게도 파고들었다. 사람들이 하나같이 불안과 공포에 짓눌린 표정을 짓고 있었기 때문이다.

그는 무리에서도 제법 목청이 높은 사람에게 다가가 무슨 일인지를 물었다. 그러자 그 사람은 잔뜩 경계한 듯한 태세로 그를 쳐다보며 물었다. "이방인입니까?". "네, 잠시 여행 중입니다"라고 말하자 그 사람은 잠시 주변의 반응을 살피는가 싶더니 "사람 사는 곳이라면 어디든 이런 일이 생길 법하죠"라는 푸념 섞인 말과 함께 그간 마을에서 쉬쉬해오던 일을 단숨에 들려줬다.

"마을에 이런 변고가 일어난 지도 한 사오 년 됐나 봅니다. 이맘때, 이런 날씨가 되면 바다에서 여성 시체 한 구가 떠밀려 오고 있습니다. 오늘 새벽까지 비가 억수같이 내리길래 설마 이번에 또 그럴까 했는데, 어김없이 또다시 이런 끔찍한 일이 벌어지고 말았요. 그래서 다들 이렇게 모여 어떻게 할지 의견을 모아 보고 있는 겁니다. 저길 보세요."

그 사람이 손가락 끝으로 어딘가를 가리켰다. 그제야 방파제 언저리에 있는 여성 시신 한 구가 그의 눈에 들어왔다. 온몸에 난자를 당하여 차마 눈을 뜨고 보기가 참혹한 모습이었다. 시신을 옮겨온 파도는 당장이라도 육지로 흘러넘칠 듯한 기세로 일렁이고 있었다.

사건 현장에 이제 막 도착한 경찰들이 '수사 중', '출입 금지' 테이프를 치더니 관련 인물들을 모아 놓고 탐문 수사를 벌이기 시작했다. 이와 동시에 한 경찰관은 유력 용의자라며 몇 사람을 데리고 왔다. 익숙한 인물이었는지 여기저기서 역

시, 또 저 사람, 이번엔 반드시, 라는 말들로 술렁거렸다.
 그도 얼른 그들을 훑어봤다. 도대체 누가 저런 몹쓸 짓을 했단 말인가. 그러다 한 사람에게 시선이 멈추고 말았다. 하나같이 고개를 숙이고 있었지만 그중 단 한 사람, 몸을 휘청휘청하며 사람들을 향해 히죽히죽 웃고 선 그 사람만은 그는 단번에 알아볼 수 있었다. 농장주의 아들 안데르손 씨였다. 한때나마 그가 선망했던 선하고 개척자다운 모습은 어디로 사라졌는지 없고 눈에는 살기까지 그득해 보였다.
 이게 무슨 연고인가 싶어 그는 시신의 얼굴을 알아보고자 눈을 찌푸렸다. 설마설마하는데 시신 옆에서 흑흑하는 누군가의 모습이 함께 들어왔다. 자세히 보니 뉴질랜드에서 왔다던 청춘 커플 중 남성이었다. 불과 하루 전까지도 이제 그만 자국으로 돌아간다며 농장을 떠났는데, 이들이 왜 여기 있나. 지난밤 무슨 일이 있었길래 한 사람은 바다에 빠져 죽고, 또 한 사람은 저렇게 비통해하며 울고 있나 싶다.
 충격에 휩싸인 나머지, 그는 그 자리에 꼼짝없이 얼어붙은 채로 서 있었다. 그가 이곳 소식을 갖고 빨리 돌아오기를 그녀가 고대하고 있겠지만, 발걸음이 쉽사리 떼어지질 않았다. 남아서 사건의 결과가 나오기를 지켜봐야겠다는 것도, 사건을 해결하는 데 일말의 보탬이 될 거라는 목적 때문도 아니었다. 그저 단순히 사람들의 무리에서 혼자 버젓이 돌아가는 그의 행동이 낯선 이방인의 외면으로 비칠까 봐서다.
 그는 가로등 불빛이 모두 꺼지고, 안개가 모두 사라지고 나서야 발걸음을 되돌렸다. 그때쯤엔 주변을 에워쌌던 사람들도 일말의 기대감을 점멸하며 각자의 생활터로 돌아가고 있었다. 분명히 저 녀석이라느니, 어미가 그리 떠나서 저리된

거라느니, 분명 또 사고로 종결 날 일이라느니, 아비 속은 오죽하겠느냐느니 이와 같은 말을 숙덕거리며. 그런 그들의 모습 뒤로 허망하게 무너지는 가슴을 간신히 틀어잡고 선 농장주가 있었다. 그는 가는 동안 여기에서 보고 들은 이야기를 그녀가 놀라지 않게 어떻게 얘기할지를 고민해야 했다.

불길한 심정으로 한참 기다렸을 그녀에 대한 미안함에 호스텔 방문을 낚아채듯 열고 들어갔다. "다녀왔어" 그렇게 말하면 금세 그녀가 희색을 띠며 달려 나올 것이란 예상과 달리 방안은 유달리 조용했다. 화장실과 발코니 문을 향해 그녀를 불러봐도 마찬가지였다. 잠시 편의점에라도 갔나 보다, 하는 생각이 들어 그는 잠시 놀란 가슴을 진정시킬 겸 테이블 의자에 몸을 뉘었다.

그런데 거기 좀 전까지만 해도 보이지 않던, 아니 어쩌면 보고도 지나쳤을, 그녀가 남긴 것으로 보이는 한 장의 편지가 놓여 있었다. 대수롭지 않게 편지를 집어 든 이내 황망한 속도로 읽어 내려갔다.

지금껏 나를 가둔 문이
두텁고 복잡하게 느껴졌지만,
너와 함께하는 동안
나 스스로 가둔 문이란 걸 깨닫게 됐어.
그 문을 열고 나왔을 때 얼마나 기뻤는지 몰라.
하지만 계획 없이 치달은 사랑은
가야 할 길이 아직 멀기만 한 우리에게
또 다른 장애물을 가져다줬어.
소중하다 여기고 이대로 받아들일까도 했지만,

*시간이 갈수록 더욱 육중한 문이 되어
날 옥죄어 와.
이번 문을 열기는 네가 옆에 있다고 해도,
아니 너이기 때문에 더욱 쉽지 않아 보여.
미안해.
어떻게든 내가 반드시 열어야 할 문이야.
시간이 얼마나 걸릴지는 모르겠어.
때가 되면 그땐 내가 널 찾아갈게.
한국에서 보자.*

안녕.

기착점에서

*

 어둡고 축축한 침묵이 감도는 방 안, 온몸을 축 늘어뜨린 채 누운 그의 위 속에서 마지막 음식물이 위액에 섞여 쥐어짜이는 소리를 냈다. 두 눈덩이가 부지런히 깜박이는 동안 눈알은 기억을 답습하듯 황망하게 계속 돌아갔다. 그러곤 얼마나 지났을까. 넋을 다 잃고 나서야 부정할 수 없게도, 그녀가 다시 이곳에 돌아오지 않으리란 걸 알 수 있었다.
 슬슬 이곳을 떠날 시간이다. 그렇게 홀로 있어도, 세상은 여전히 태양을 중심으로 삶의 기운을 내뿜고 있다. 사람들의 존재도, 그녀의 존재도 이와 큰 차이는 없어서, 있는 듯 없는 듯했고, 그렇다고 아버지처럼 영영 떠난 것은 아니었다. 그녀가 없는 텅 빈 방 안에서 며칠째 잠 한숨 자지 않고 그가 내린 결론이다. 그는 그녀가 편지 마지막에 남긴, 그를 찾아올 것이라는 말을 믿기로 했다. 한국으로 돌아갈 준비를 해야 했다.

*

 그가 그렇게 상실감 속에 망연한 상황을 벗어나려 애쓰는 동안, 그녀는 비상하리만치 무념한 표정을 안고 먼저 한국으로 돌아왔다.
 공항에 도착한 그녀가 택시를 타고 향한 곳은 병원이다. 스스로 혼자이길 택한 지금, 무얼 해야 하는지는 분명해졌다. 비록 돌이킬 수 없는 마음의 상처로 남는다고 해도 지금 이렇게 하는 것이 그를 위해서나 그녀 자신을 위해서라도 올바른 선택이라고 여겼다.
 가는 도중 휴대전화가 울렸다. 아버지였다. 전화를 받자 언제나처럼 메마르고 건조한 아버지의 음성이 들려왔다.
 "이제 그만 방황을 끝낼 때도 되지 않았니?"
 그녀는 아무 대답도 하지 않았다. 뭐라고 대답해야 좋을지 그녀로서는 생각이 나지 않았다.
 아버지가 다시 물었다.
 "지금 어디냐? 그동안 연락도 잘 안되던데. 가까운 데면 회사에 한 번 들려."
 그러고는 전화를 끊으셨다.
 얼마 안 있어 휴대전화가 다시 울렸다. 이번엔 이복동생이었다. 근 2년 만에 전화라니. 그녀의 마음에 들려 눈치를 부지런히도 살피는 이 녀석에게 아버지가 또 옆구리를 찌른 모양이다. 이번엔 전화를 받자마자 그녀가 먼저 퉁명한 목소리로 말했다.
 "왜? 무슨 일이야?"

아버지의 강압적인 양육에 무척 소심해진 동생은 나이가 얼추 들어찼는데도 여전히 목소리에 힘이 없다.
"요즘 어떻게 지내, 누나?"
"그냥 잘 지내지 뭘."
길게 대화하고 싶지 않은 그녀는 질문이란 건 없이 짧게 대답만 했다.
그러자 동생은 아버지가 남긴 숙제는 끝내야 한다고 생각했는지 담담하게 다시 물어왔다.
"식당 운영에는 정말 관심이 없어?"
그녀는 이번엔 정말 귀찮다는 듯이 대꾸했다.
"나 좀 내버려둬. 너나 잘해."
"알았어. 어머니는 건강히 잘 계셔. 여전히 산에 기도하러 다니시고……."
동생은 그녀가 무얼 궁금해할지 알았다.
"엄마한테는 나 건강히 잘 지내고 있다고 대신 안부 전해 줘."
그러곤 그녀는 전화를 끊어버렸다. 통화를 더 이어 갔다가는 눈물이 나올 거 같아서였다.
엄마는 그녀를 낳고 바로 신내림을 받으셨다. 좀더 크면서 주워들은 말론, 그녀를 낳지 않았다면 그런 일도 없었다고 한다. 엄마 쪽 집안은 한 대 걸러서 여무가 대물림되는 무속 집안이었다. 다행히 엄마는 해당하는 대가 아니어서 그저 평범한 눈으로 세상을 살아가면 됐었는데, 그만 그녀를 낳은 죄로 무당이 될 수밖에 없었다고 한다.
아버지는 평생 서로만 바라보며 살기로 해놓고 그토록 사랑했던 엄마가 아이를 낳고는 외면해 버리자 처음에 무척 죄

책감에 시달렸다고 한다. 갓 낳은 아이는 내팽개치다시피 하고 허구한 날 술을 마시고 고주망태가 되어 집에 돌아오기 일수였다고. 그러다 그만 동생을 안아 들고 왔단다.

그 뒤로 정신을 차리신 아버지는 그제야 엄마의 뜻을 이해했는지 그녀를 부성애로 감싸려 했지만 너무 늦은 때였다. 그녀는 한창 엇나가고 있었다. 게다가 난데없이 동생이라니. 뿌리가 흔들릴 대로 흔들려 세상 모든 불행은 다 가진 아이처럼 굴었다. 그런 그녀를 다잡고자 하신 건지 아버지는 그 뒤로 강압적인 태도를 보이셨고, 그게 한편으로 어머니와 그녀를 위한 최선의 선택이라고 여기신 듯 보였다.

이 같은 현실을 부정하고 싶어진 그녀는 눈을 감고 고개를 세차게 흔들었다. 그 바람에 택시 창문에 머리를 쿵 박고 말았지만, 그녀의 마음만큼 아프진 않았다.

그녀는 시간을 확인했다. 곧 회사 점심시간이 끝나갈 무렵이다. 그녀는 기사에게 잠시 민석이 다니는 회사 앞에 택시를 세워달라고 요청했다. 이러려고 부러 근처 병원으로 예약을 잡았었다.

택시에서 내린 그녀는 전에 한 번 가봤던 커피숍으로 들어가 민석에게 재빨리 전화를 걸었다.

"나야. 잠깐 좀 만나. 회사 앞 커피숍이야."

민석은 갑작스러운 그녀의 전화에도 불구하고 피할 수 없는 요청이란 걸 느꼈는지 이내 커피숍 문을 열고 들어섰다.

그녀를 확인하고 의자에 다리를 꼬고 앉은 민석이 말했다.

"오랜만이네. 갑자기 무슨 일이야?"

"어, 그게……."

마음을 단단히 먹고 여기까지 온 그녀였지만, 막상 민석을

앞에 두자 입이 잘 떨어지지 않았다. 그는 회사에 빨리 들어가 봐야 한다며 할 말이 있으면 빨리 끝내 달라고 재촉했다. 그런 그에겐 그녀에 대한 그 어떤 조금의 미련도 남아 있지 않아 보였다. 오히려 그녀를 귀찮다는 시선으로 바라봤다. 그제야 그녀는 준비해 둔 질문을 던졌다.

"우리 다시 시작할 수 있을까?"

그녀는 침을 꼴깍 삼켰다. 사랑에 동정을 구하는 듯한 이 말을 하기가 끔찍이도 싫었는지 목구멍으로 겨우 넘어왔다. 하지만 그를 불러낸 목적을 달성하기 위해서라도 입술을 꽉 깨물고 해야만 했다.

민석은 빈정대듯 웃으며 말했다.

"하하. 무슨 말이야. 우리가 언제 시작이라도 했어? 우리 그냥 잠깐 즐기기로만 했잖아. 게다가 인제 와서? 먼저 떠난 건 너지, 내가 아니야."

"그렇지. 그땐 내가 내 맘 같진 않았어. 미안해. 정말 안 되겠지?"

"……."

아무 말 없는 그를 확인하고 그녀는 벌떡 일어섰다. 민석도 바로 따라 일어났다.

그런 민석에게 그녀는 단념한 듯한 무표정한 표정을 지어 보이며 말했다.

"마지막으로 한 번만 안아주면 안 돼?"

뜬금없을 그녀의 요청이겠지만, 민석은 마지막이라는 말에 흔쾌히 그녀를 안아줬다. 그 순간을 놓칠세라 그녀는 민석의 머리카락 몇 가닥을 재빨리 훔쳤다. 그리고 뛰다시피 하며 카페를 나왔다.

사실 여기까지 오는 동안에도 수도 없이 생각했다. 결론은 이렇게까지 해야 할 필요가 있을까 싶으면서도, 훗날 아이를 위해, 혹시 모를 경우를 대비해 필요하단 거였다.

목적을 이룬 그녀는 이번엔 택시를 타고 곧바로 병원으로 향했다.

진찰을 마친 의사가 말했다. 아이 심장이 약하게 뛴다고. 조금은 예상했던 말이었다. 그날 그 일은 자신조차 견디기 힘들었으니까. 그런데도 잘 견뎌준 아이가 고맙기까지 했다.

그런데 의사는 더 충격적인 말을 해왔다.

"이런 경우 예후가 좋지 않은 편입니다. 태아에게 또 다른 문제가 있을 수 있어요. 심장 이외 다른 장기의 기형이라든지 염색체 이상 등을 의심해 볼 수 있습니다. 다행히 병원에서는 태아의 생존율을 높이고 장애 정도를 낮추기 위해 유전자 검사를 시행하고 있는데, 늦은 감이 있긴 하나 지금이라도 진행하시겠습니까? 바로 접수를 도와드리겠습니다."

그녀는 주저하지 않고 고개를 끄덕였다. 더불어 요청했다.

"친자확인 검사도 부탁드릴게요."

그녀는 조심스레 준비해 온 머리카락을 건넸다. 사실 이 검사를 할 목적이 더 컸다.

계획한 일을 모두 마쳐서일까, 병원 문을 나서는데 허기와 함께 고달픔이 급속도로 밀려왔다. 문득 경우와 처음으로 함께한 식당이 떠오른 그녀. 망설임 없이 식당으로 향했다.

올리브 향이 입안 가득 퍼지자 그립던 그가 떠오른다. 숫기가 없어 다가오진 못하고 애달픈 시선으로 늘 그녀의 주변을 맴돌기만 했던 그……. 지금쯤 그는 무엇을 하고 있을지……. 그녀가 원하는 것이라면 모든 것을 내줄 것 같은

그……, 그녀의 모든 것을 사랑해 줄 것만 같은 그……, 그런 그를 생각하자 왈칵 눈물이 솟구쳤다. 가슴이 갈기갈기 찢기는 아픔이 밀려든다.

외롭고 허전한 마음에 곁엔 늘 남자 친구란 걸 뒀지만, 그런 그녀의 마음이 쉬이 채워지진 않았다. 그리고 마지막엔 옷을 스스로 풀어 헤치고 말았다. 하지만 결국 빈껍데기만 남겨진 것 같은 초라한 심정이 됐다.

어지러운 생각으로 정처 없이 방황하던 어느 날, 숫눈처럼 그가 눈앞에 떠올랐다. 수소문 끝에 학교를 찾았다. 우연을 빙자하긴 했어도 다행히 그를 만났고, 무슨 이유에선지 다시 멀어졌고, 그러다 필연처럼 다시 만났고, 그리고 지금은 너무도 사랑하는 그지만 그녀가 먼저 떠나왔다.

이 아픔이 다 사라질 때까지, 그의 앞에 당당히 설 수 있을 때까지, 그녀는 참고 견뎌보자 했다. 그를 아무 감정 없이 바라보기까지 얼마나 걸릴지 모르지만, 영영 그의 앞에 나설 수 없을지도 모르지만, 그리하자 마음먹었다.

한동안의 사색에 눈앞을 어른거리게 한 눈물이 말랐다. 그런 그녀 눈에 식당 종업원을 구하는 포스터 한 장이 눈에 들어왔다. 생각할 필요조차 없었다. 아무 시도도 하지 않아 아무 일도 일어나지 않는 것보다는 나은 선택이라 여겼다.

*

그는 농장을 마지막으로 찾았다. 반원들은 얼마 남지 않은 수확을 하기에 여념 없었다. 이를 이끄는 작업반장들 사이에선 다소 어수선한 분위기도 느껴졌다. 하긴 그런 일이 있었

으니…….

그는 지척거리는 두 다리를 끌고 농장주에게로 다가갔다. 아들이 그렇다고 그를 아니 볼 일은 못 됐다. 다행히 농장주는 건실하게 가지치기를 한창 하는 중이었다.

그가 부르지 않았는데도 농장주는 그가 온 걸 알았다. 그리곤 서글서글한 목소리로 먼저 말을 건넸다. 그 와중에도 바쁜 손놀림은 계속됐다.

"무슨 일이든 때가 있는 법입니다. 그때를 놓치면 잘될 일도 안되고 말지요. 가지치기가 바로 그러해요. 이제 돌아가는 겁니까?"

그가 굳이 설명하지 않아도 농장주는 이미 알고 있었다.

"네, 마지막 인사라도 드리려고 들렸습니다."

"그렇군요. 그럼 잠시만 기다려 주세요."

농장주는 가지치기를 멈추고 어디론가 황급히 뛰어가더니, 돌아올 때는 손에 작은 상자 하나를 들고 왔다. 농장주는 이를 건네며 "올리브나무와 씨앗인데, 가져가세요. 선물입니다"라고 말했다.

생각지 못한 선물에 그는 거듭 감사를 표한 후, 몸도 마음도 처음 이곳에 발을 내디딜 때와 같이 유장한 걸음으로 걸어 나왔다.

오래된 질문을 향한 여정을 마치는 길, 그녀는 떠나고 없고, 오직 올리브 산에서 불어오는 바람만이 그의 머릿결을 부드럽게 매만질 뿐이었다.

다음 날 새벽, 그는 떠나오기 전과 달리 훨씬 무겁게 느껴지는 여행 가방을 메고 호스텔을 나섰다. 두 손에는 농장주의 선물을 든 채다. 하늘은 온통 잿빛이지만, 항구의 길고

깊은 뱃고동 소리가 다시 돌아가는 발걸음을 조금은 경쾌하게 만들어주고 있었다. 멀리 지평선으로는 하늘과 바다가 하나 된 모습이 펼쳐졌다.

출국 전, 그는 우편으로 검역을 마친 올리브나무와 씨앗이 든 상자를 어머니가 계신 집으로 부쳤다. 이래야만 이곳에서의 일이 모두에게 아무 일이 아니게 될 것임을 알았다. 우편이 도착할 때쯤이면 어머니도 정신을 가다듬고, 그가 돌아오기를 기다리고 있을 것이 틀림없다.

비행기 안에서 그는 좌석 등받이에 몸을 뉘자마자 눈을 감았다. 지금 그에게 시간이라면 그야말로 얼마든지 있었다. 이윽고 비행기가 날아오르고 그는 기다렸다는 듯이 잠에 빠져들었다. 그렇게 지금은 윤곽조차 보이지 않는 희망을 안고 귀국길에 올랐다.

환승 시간

*

　시간도 공간도 환승하는 이곳, 공항에 도착한 승객들이 긴 시간 비행에 다들 몸이 찌뿌둥한지 어깻죽지를 활짝 펴고 걸어간다. 그 사이를 덤덤하게 걱둑걱둑 그가 걸어갔다. 잠은 또 제대로 자서 머리카락은 군데군데 엉겨 붙은 채다.
　터미널을 지나 게이트로 빠져나온 그는 하늘을 한번 올려다봤다. 가을 끝자락에서 하얀 비늘구름이 푸른 하늘을 잔잔히 흘러가고 있다. 덩달아 그의 마음에도 조용한 평정심이 스며든다. 그녀의 마음도 오늘 이와 같겠지, 하며 어느새 그녀에게 동화돼 있는 자신을 발견하게 된 그다. 이것이 또 싫지 않은 그다.
　씁쓸하고도 잔잔한 미소를 머금으며 그는 서울 자취방으로 향하는 버스 대기열을 찾았다. 평일 오전이어서인지 비교적 승객은 뜸해서 막히지 않고 금방 도달할 수 있었다.
　잠시 후 공항버스가 그 큰 덩치로 커브를 부드럽게 그리며

도착했다. 버스에 몸을 실으며 그는 기사에게 팬스레 "오늘 날씨가 참 좋네요"라는 인사 한마디를 던졌다. 기사도 그를 향해 벙긋 웃으며 "여행 잘 다녀오셨나요?" 하고 인사했다. 이에 살짝 웃음 지어 보인 그는, 처음 보는 사람과 그렇게 주고받는 인사가 이젠 작위적으로 느껴지지 않는 것이 스스로가 조금은 변했구나 싶다. 창가에 비친 자신의 얼굴을 보며 좀더 쾌활하게 미소를 지어본다.

그때 뒤이어 탄 여성이 그에게 말을 걸어왔다. 나이가 어림잡아 40대 후반은 돼 보이는 사람이다.

"옆자리에 좀 앉아도 될까요?"

"네?"

그는 잘못 들었나 싶어 반문하듯 억양을 높였다. 분명, 승객은 뜸해서 두 자리를 다 차지해도 될 만큼 좌석이 남아돌고 있었다. 그가 주위를 둘러보며 말했다.

"여기보다는 다른 자리가 훨씬 편하실 텐데요?"

"실은 제가 지금 너무 졸려서 그래요. 어깨 좀 빌리고 싶은 마음에……."

그는 당황하지 않을 수 없었다. 난생처음 보는 사람의 어깨에 무턱대고 기대려 하다니. 세상이 변한 건지, 자신이 세상과 사람을 대하는 잣대가 이토록이나 잘못된 건지, 하는 생각이 들었다. 그러다 후자겠거니, 하고 난감해하던 기색을 거두며 말했다.

"네, 그렇다면 최대한 편하게 기대세요."

얼마간의 정차 시간을 지나, 버스는 다시 그 육중한 몸을 움직였다. 고속도로로 진입하자 여성은 "내릴 때 한 번 깨워줘요" 하더니 그의 어깨에 기대 금방 잠들어버렸다. 무척이

나 피곤했던지 심지어 코를 골기까지 했다. 결국 그는 버스가 달리는 동안 뜬 눈으로 요지부동 자세를 지켰다. 그래야만 자신에게 몸을 기댄 여성의 일말의 기대를 저버리지 않는 것이라 여겼다. 몇 번의 정거장을 거치는 동안에도 여성은 잠에서 깨지 않았다.

내릴 정거장이 가까워지자 그는 어깨를 조금씩 떼어내며 여성을 깨웠다.

"저기......, 저 이제 내립니다."

다행히 여성은 그가 부르는 소리를 단번에 알아듣고 잠에서 깨어나 줬다.

"고마워요. 덕분에 편하게 잤네요."

"별말씀을요."

그는 여전히 껄끄러운 느낌이 남아 있었기에 최대한 담담하게 말하고자 노력했다. 그러자 여성은 그의 태도에서 기분을 읽었는지 중후한 매력을 풍기며 이처럼 말했다.

"얼마 더 살아보니 알겠더라고요. 때론 낯선 사람에게 기댈 줄도 알아야 한다는 것을요. 봐요. 덕분에 편하게 왔잖아요"라고.

이 말은 지금껏 스스로 고립을 자처하며 모든 것을 혼자 힘으로 해내겠다고만 생각한 그에게 적잖이 신선한 충격을 줬다. 그는 그 말이 틀리지 않는다며 물결이 잦아들듯 고개를 끄덕여 보였다. 여성은 그런 그가 마음이 쓰였는지 여담처럼 질문을 꺼냈다.

"대학생인가요? 직장인인가요?"

"그 중간...... 취준생입니다."

"아직 길을 정하지 않았다면, 없는 길을 만들어서 가는 것

도 하나의 방법이 될 수 있어요. 길이라는 게 정해두고 간다고 그 길이 맞다고도 할 수 없고, 돌아서 가든 둘러서 가든 또 잠시 멈췄다 가든 당신이 가고자 하는 방향에 당신의 길이 있어요. 어떤 길을 선택하든 모든 길에는 이유가 있고, 언젠가 반드시 열리기 마련입니다. 그러니 항상 힘을 내길 바라요."

이번 말은 강단에 선 설교자처럼 매우 묵직하기까지 했다. 그는 제법 예의를 갖추고 감사의 뜻을 표했다.

버스에서 내린 그는 버스가 떠나간 후, 좀 전에 들은 말을 다시 한번 곱씹으며 이렇게 또 생각했다. 세상에 그 어떤 길도 한 가지만 있을 수 없으니, 지레짐작으로 혼자 결정하고 말 것이 아니라 다양한 가능성을 열어두고 가는 것도 좋은 방법이라고 말이다.

그러자 멈췄던 그의 발걸음이 빨라지기 시작했다. 그는 서둘러 자취방으로 향했다. 앞으로 해야 할 일이 그의 뇌리에 섬광처럼 비치었다.

자취방에 도착한 그는 그간 미뤄둔 임대 계약을 만료하고 짐을 꾸렸다. 짐이라고 해봤자 옷가지 몇 점과 차렵이불 한 점, 책이 든 상자 하나가 다였다. 그가 외롭지 않게 매일같이 부모님의 잔상을 보여준 거울 등의 구성품들은 다시 만날 새 주인에게 아늑함을 안겨줄 수 있도록 남겨두기로 했다.

짐 싸기를 마치고 그는 어머니께 전화를 걸었다. 신호음이 간지 두어 번 만에 어머니는 전화를 받으셨다.

"경우, 경우냐?"

다급하게 뛰어오기라도 하셨는지 몹시 숨이 찬 목소리다. 다행히 건강엔 별 무리가 없는 것으로 느껴졌다.

"네, 어머니. 저 이제 내려가려고요."

그는 그간 아무 일도 일어나지 않았던 것처럼 평소 내려갈 때마다 했던 말을 꺼냈다. 다만 어머니를 부를 때만은 제법 낭랑한 목소리를 냄으로써 한결 홀가분해진 마음이란 것을 전했다.

"그래? 그럼 조심해서 내려오너라."

어머니의 목소리에 환한 기운이 실렸다. 예상은 했지만 서둘러 왔으면 하는 기대감도 은연중 느껴졌다. 회심의 미소를 짓고 계실 어머니를 향해 그가 또박또박 힘차게 말했다.

"네, 곧 뵐게요."

문을 나서며 자못 고독에 휩싸인 듯한 그의 방을 다시 한번 둘러봤다. 책과 옷가지 등에서 떨어져 나온 먼지가 바람에 실린 민들레 홀씨처럼 창문을 빠져나가는 것이 보인다. 잔잔한 추억들이 빠져나가고 있다. 다시 새로운 추억을 채우기 위해. 그는 그렇게 잊을 수 없는 대학 시절을 조용하게 막을 내렸다.

마음의 집으로

*

　고향으로 돌아온 날 그는 새삼 이곳이 이토록 아름다운 곳이었나, 하는 것을 느꼈다. 떠나기 전엔 미처 몰랐던 것이었다. 하지만 세상에서 가장 아름답다는 지구 반대편에 있는 마을까지 다녀오고 보니 고향의 풍경이 실로 그 어디보다 아름답게 펼쳐 보였다.
　평온하기가 그지없는 마을로 그는 조용히 걸어 들어갔다. 하지만 조용한 시골 마을을 깨우며 한동안 찾지 않던 발걸음에 낯선 이라 여긴 개들이 컹컹 컹컹 여기저기서 짖어댔고, 도대체 누군가 하고 담벼락 너머로 내다본 어르신들이 하나둘씩 걸어 나와 그를 반갑게 맞아주셨다. 염치가 없어 차마 고개를 들지 못하는 그였는데, 마치 아무 일도 없었고 오랜만에 고향을 찾은 이웃집 아들처럼 반기시며 기어이 그의 고개를 꼿꼿하게 들게 만드셨다. 그런 그의 모습은 알게 모르게 조금은 더 성숙해지고 늠름해져 있었다.

반면 그는 불과 몇 개월 사이 힘없이 쳐지고 무척 수척해진 마을 어르신들을 새삼 느껴야만 했다. 시골 고향 마을은 그토록 아름다운 황혼의 풍경 속에서 쓸쓸하게 저물어가고 있었다.

집 앞마당으로 들어가니 어머니는 보이지 않았다. 현관문을 열고 거실로 들어가자 방금 널어둔 듯한 무시래기가 천연덕스럽게 그를 맞아주었다. 그 옆에는 곶감이 또 주렁주렁 달려 있다. 평소와 다름없는 어머니의 모습이 그려졌다.

그는 짐을 내려놓고 아버지가 계신 선산으로 향했다. 산소 앞에 이르니 어느새 들풀이 한 뼘 크기만큼이나 돋아 휑하기만 하던 무덤에 바람 소리, 계절의 소리를 전해주고 있었다.

그는 아버지가 생전 좋아하셨던 마른오징어 한 마리와 소주 한 잔을 비석 위에 올렸다. 그리고 그 옆에 앉아 마을을 내려다봤다. 가을걷이를 마친 들녘은 오랜만에 무거웠던 머리를 비우고 차가워진 들바람에 머리를 식히고 있었다. 그의 머리와 가슴도 그 어느 때보다 맑고 깨끗해진 기분이 든다.

그때 어머니가 산소로 올라오셨다. 어르신들로부터 그가 왔다는 것을 전해 들으신 모양이다. 어머니 또한 안 본 사이 많이 여위시고 얼굴엔 못 보던 주름이 늘어나 있었다.

잠자코 좀더 가까워질 때까지 기다리는 그의 옆으로 어머니는 다가와 앉으시며 말씀하셨다.

"이제 좀 괜찮아졌나?"

"네. 어머니도 괜찮으신 거지예?"

"그럼, 난 괜찮다. 이리 보면 모르겠나."

"……."

그는 핼쑥해졌다는 말씀을 드리려다 말았다.

어머니는 헛기침을 두어 번 하시더니 그간 미룰 수밖에 없었던 말씀을 꺼내놓으셨다.

"경우야, 아버지가 왜 양계장을 하셨는지 아나?"

"아무래도 농사짓는 것보다 그게 일이 수월하고 수입이 나아 보여 그러신 거 아입니꺼."

"그 말이 틀린 건 아니지만 그 때문만은 아이다. 이건 니가 몰랐지 않았나 싶은데……."

"무얼 말입니꺼?"

어머닌 잠시 회상에 잠기시더니 목을 가다듬고 천천히 말씀을 이으셨다.

"니 아버진 그 일로 이 마을을 좀더 부흥시키고 싶었던 거다. 아버지가 이장을 종종 지낸 건 기억나나?"

"기억하죠. 아버지 따라 종종 마을회관에도 따라갔으니까."

"그래, 그랬제. 아버진 그 일을 시작하면서 마을 부흥을 위해서도 노력하신 거다. 쪼매라도 더 잘살아보려고. 농사를 지어서도 어느 정도 먹고는 살제. 하지만 다들 나이는 들어가는데 힘든 농사를 짓겠다고 찾아오거나 도와주는 젊은이는 없지 않으냐. 양계장은 그래서 시작하게 된 거다. 니는 모르겠지만 우리 옆집도 그렇고, 금천댁도 그렇고, 그렇게 다들 시작하게 된 거고. 그런데 생각했던 것만큼 일이 쉽거나 하진 않았지."

"……."

그는 잠자코 계속 어머니의 말씀을 들었다. 그러면서 기억에 없는 단편들을 부지런히 모았다.

"아버지가 양계장을 하겠다고 결정한 덴 니 영향도 컸다 아이가. 니가 어릴 때 닭을 좋아하는 걸 보고 어느 날 그러

더라. 이거다, 라고 말이지. 그라고 니가 다시 돌아볼 때를 위해서 누구보다 깨끗하고 자연적인 양계장을 운영하고 싶어 하셨제. 그러려면 누구보다 부지런히 움직여야 했고. 그러니 아버지를 너무 원망하지 말그라. 아버지가 니를 얼마나 많이 사랑했는데. 늦은 나이에 얻은 하나뿐인 자식이니 더했지. 니 아버지 그리 가고 엄마도 속 많이 상하고 원망했지. 하지만 어쩌겠노. 아버진 원래 사랑을 표현하는 데 서툰 사람이었다 아이가.”

이 말씀은 시간이 지나서이긴 하나 어느 정도 짐작했던 바였다.

“이젠 알아요. 알아예…….”

드디어 아버지를 향한 모든 의문이 풀렸다는 생각이 들자, 참았던 눈물이 다시 한번 뚝뚝 흘러내렸다. 그런 아들을 보고 어머니도 다시 눈시울을 적시셨다.

날이 저물면서 바람이 더 차지자 그는 어머니께 그만 내려가자고 했다. 아들의 기색을 살피신 어머니는 이제야 시름을 더셨다며 가볍게 자리를 털고 일어나셨다.

고즈넉한 마을에 아버지가 누워계신 산그림자가 길게 드리운다. 그러면서 그가 앞으로 가야 할 길이 더욱 선명하게 그려진다. 그는 오랜만에 어머니의 손을 잡고 이끌면서 집으로 돌아갔다.

거실로 들어가니, 아까까지만 해도 보지 못했던 그가 우편으로 부친 상자가 놓여 있었다. 어머니는 이게 뭐냐, 시며 아직 뜯어보지 않은 상자에 관해 물으셨다. 그는 자초지종을 어머니께 이야기했다. 어머니는 그의 말에 긴가민가하면서 귀를 기울이셨다.

저녁때가 되어 오랜만에 어머니가 차려주신 구수한 시래기 된장국을 먹으며 그는 찬찬히 얘기했다. 앞으로 어떻게 할 계획인지를 말이다. 어머니는 가만히 들으시면서도 중간중간 그에게 밥을 들며 해라, 급할 필요가 없다, 너를 믿는다는 말씀을 해주셨다.

*

그와 달리, 그녀의 시간은 더디게만 흐르고 있었다. 겨우 허락을 구한 식당의 주방보조 일을 마치고 돌아오면, 이내 기분이 착 가라앉아 시간의 톱니바퀴를 돌렸다 멈추기를 반복하고 있었다.

그렇게 일주일이 다 돼 가던 어느 날, 갑자기 아침부터 복통이 일더니 출혈을 보이기 시작했다. 오한에 식은땀까지 흘렀다. 좋지 못한 예후임을 느낀 그녀는 두려움에 급히 병원에 전화를 걸었다. 병원에선 수술해야 할 수도 있으니 서둘러 오라고 했다.

결국 그날 그녀는 망연자실하게 아이를 떠나보내고 말았다. 마취에서 깨어난 후 그녀는 내 아이를 온전히 지켜내지 못했다는 죄책감에 지금껏 겪어보지 못한, 가슴이 무너지는 아픔을 느껴야만 했다.

그녀는 힘없이 떨리는 손으로 엄마에게 전화를 걸었다. 신호음이 한두 번 울렸을 뿐인데, 엄마는 마치 자동 응답기처럼 전화를 받으셨다. 그리곤 그녀가 입을 열기도 전에 먼저 말씀하셨다.

"괜찮니……?"

뭐가 괜찮냐고 물으시는 건지, 무얼 알고 계신 건지, 그녀의 뺨에 맥없이 눈물이 타고 내렸다.

"엄마…… 미안해요……."

"니가 미안할 게 뭐가 있니……."

"알아요. 나 때문에…… 나 대신 신내림 받으신 거 다 알아요……."

"아니야. 너 때문이라니. 잘못 알아도 크게 잘못 알고 있구나. 내 맘 편해지자고 그런 거야. 그러니 다신 그런 생각 하지 마."

엄마는 조용히 그러나 단호하게 말씀하셨다. 하지만 그녀는 그럴 수 없었다. 자신을 향한 책망이 끊임없이 달려들었다.

"엄만 날 끝까지 지켜냈는데…… 난 그러질 못했어요……."

"네 잘못이 아냐. 그 아이는 어차피 떠날 운명이었어."

엄마는 이미 그녀의 상황을 알고 계셨다. 어찌 아는지 묻고 싶진 않았다. 그렇지만 불쑥 궁금증이 일어났다.

"제게 다시 아이가 올까요?"

"……."

엄마의 대답이 없으셨다.

"엄마, 말씀해 주세요. 제발요, 엄마……."

그녀는 간절히 요청했다. 그런 그녀에게 엄마는 다분히 반문하듯 하면서도 한편으로 애써 다독여가며 말씀하셨다.

"정말 아이를 원하는 거니? 우리 집안 대물림을 모르진 않지 않니?"

"하지만……."

"정말 누군가를 사랑한다면 그땐 이 엄마도 그 맘 모르진

않으니 말리지 않을 거다. 하지만 네 자식이 중요하듯 엄마에겐 오직 너 하나뿐이란 걸 알아줬으면 해. 이 엄만 니가 그런 선택을 하는 걸 바라지 않아."

이 말씀을 들으니 그제야 아차 싶다. 모르는 게 아닌데 슬픈 감정을 주체하지 못하고 그만 무당이길 선택한 엄마에게 해선 안 될 말을 무심결에 해버리고 만 것이다. 심한 죄책감이 밀려왔다.

"엄마 죄송해요……."

그녀는 더 말은 못 하고 소리내 울고 말았다. 엄마 또한 목이 메는지 연신 기침을 가다듬는 소리를 내셨다. 하지만 엄마는 무당이어서 그런 게 아니라 애초부터 강단 있는 분이셨다. 그녀의 이름을 부르는 것으로 울음을 잠재우신 엄마는 천천히 그리고 아주 조심스럽게 말씀하셨다.

"사랑하는 사람과 아이, 그 둘 중 누구 한 명을 고르라는 건 말도 안 되는 소리다. 널 희생해서라도 반드시 이루고 싶은 사랑이라면 포기하지 마. 사랑해. 사랑해도 돼."

마지못해하신 말씀이란 걸 잘 안다. 그렇기에 더욱 엄마의 애절한 사랑이 전해졌다. 그간 왜 이를 간과하고 살았던 걸까. 늘 비어있는 엄마의 자리에 그만 잊어버린 건지 서툴게 사랑을 메우려 했던 자신이 한없이 미워졌다. 그녀를 위해 모든 것을 희생하고만 엄마인데, 이해라는 말로 또다시 희생을 강요한 꼴이 되고 말았다.

"엄마, 제가 너무 이기적이었어요. 정말 정말 죄송해요……."

"아니다. 네 맘 다 알아. 네가 그런 선택을 한다고 삶이 이 엄마처럼 되는 게 아닌데 그리 생각하고만 엄마의 생각이

짧았어. 이제라도 자유롭게 생각하고 사랑을 했으면 좋겠다."
 그녀는 더는 아무 말 하지 않고 잠잠히 귀 기울였다. 그리고 침묵 속에서 엄마의 말씀을 곱씹어 보았다.
 뜸을 들이듯 대화가 잦아들자 엄마는 무슨 변화인지 모르겠지만 이번엔 아버지에 대한 말씀을 이으셨다.
 "며칠 전에 아버지와 통화한 거 들었다. 그런데 미로야. 네가 오해한 게 있는 거 같아. 아버지는 네가 정말 식당 운영을 이어나가길 바라셔서 그런 말씀을 하신 게 아니야. 아버지가 사랑을 표현하는 방법이 서툴러서 그래. 이를 엄마가 잘 전했어야 했는데, 그래 주질 못했네. 그러니 이제라도 네가 아버지의 사랑을 이해하고 알아줬으면 좋겠구나. 아버지가 널 무척 보고 싶어 해."
 "……."
 엄마는 오랜만에 한 딸과의 대화에서 진심을 모두 보이고 싶으신 모양이다. 여전히 그녀는 아무 말도 하지 않았다. 엄마는 딸과의 대화를 이쯤에서 마무리해야 한다는 걸 아셨는지, 그녀에게 마지막으로 "항상 몸 잘 챙기고"라는 말씀과 함께 전화를 끊으려 하셨다.
 그제야 그녀는 누가 걸어 잠근 건지도 모를 마음의 빗장을 열고, 엄마에게 투정을 부리는 어린아이처럼 울먹이며 말했다.
 "그러니까…… 왜 말을 안 해줘서…… 내가 그동안 얼마나 외로웠는데…… 나만 홀로 둬서…… 내 맘을 몰라줘서……."
 그간에 맺힌 비통한 심정이 북받쳐 올랐는지, 흑흑대는 울음소리가 말하는 중간중간 튀어나온 채였다.
 "그래, 다 알아. 엄마의 잘못이 커……."

그 순간 엄마의 한이 서린 울음소리 또한 희미하게나마 들려왔다.
 "아니에요, 엄마……. 고마워요……."
 그녀는 이제 모든 걸 받아들여야 한다는 것을 느꼈다. 이는 고맙다, 는 말로밖에 달리 표현할 방법이 없었다.
 전화를 끊고 나자 그녀는 묵은 체증이 내려가듯 가슴이 뻥 뚫리는 기분을 느꼈다. 오랫동안 잠겨져 있던 마음의 빗장도 우수수 떨어져 나가고 있었다.
 식당 주인의 배려 덕에 어쩔 수 없이 한 달의 휴식 기간을 갖게 된 그녀. 퇴원 후 집으로 돌아온 그녀는 빈방에 홀로 우두커니 앉아 하늘만 얼없이 쳐다보며 시간을 보냈다.
 그런 그녀에게 다시 일주일의 시간이 흘러, 메일함으로 한 통의 메일이 도착했다. 민석과의 유전자 검사 결과를 안내하는 메일이었다. 하지만 이제 이건 쓸모없다. 휴지통으로 버린 메일의 흔적까지도 지워버린 그녀는 그 어느 때보다 가벼운 몸으로 밖으로 나갔다. 하늘이 흐리지만 그 어떤 걱정도 달려들지 않는다. 몸도 마음도 솜털 같은 구름 위를 맘껏 내달리는 기분이다.

서로를 향한 길

*

 서로가 떨어져 지낸 시간 속에서도 같은 하늘 아래다. 두 사람의 인연에서 빚어진 하루의 기분은 그날 날씨에 평행선을 그려가고 있다. 그래서일까, 파란 하늘 아래 얇게 깔린 새털 같은 구름이 요 며칠 지속하는 사이, 두 사람의 감정 또한 큰 변화 없이 흐르고 있었다. 하지만 구름 한 점조차도 보이지 않는 파란 하늘을 보일 준비가 돼 가고 있었다.
 그녀는 식당에서 마음 한켠에 매일 조금씩 희망을 키워나가고 있었다. 그 희망은 그에게로 닿는 작은 연줄과도 같은 것이라 여겼기에 어떤 일이든 허투루 하지 않으려 노력했다. 주방이 아닌 홀을 돌보는 일도 스스로 나서서 하곤 했다.
 이를 가만히 눈여겨본 식당 주인은 새해가 들고 어느 날 그녀를 불러 다음 달부터는 얼마간의 보수를 챙겨주겠다고 말했다. 놀란 그녀가 손을 내저으며 말했다.
 "아니에요, 사장님. 이렇게 절 받아주시고 가르쳐주시는 것

만으로도 정말 감사한 일인데, 보수라니요. 가당치 않아요."
그러자 주인은 도리어 완곡한 말투로 그녀를 설득했다.
"돈도 벌어야지요. 그리고 이건 미로 씨가 열심히 일해준 데 대한 보상이에요. 주방장도 한결 일이 수월해졌다고 하니, 저로서도 좋은 주방보조를 둔 거란 생각이 들고요. 앞으로도 잘 부탁해요."
하는 수 없이 그녀는 식당 주인의 호의를 받아들이기로 하고 더 열심히 하겠다는 말을 건넨 후 자리에서 일어났다. 식당 주인의 얘기는 여기까지가 다일 거로 생각했다. 그런데 주인이 더 할 말이 있다며 다시 앉아보라고 했다.
"미로 씨, 이왕 시작한 거 조리기능사 자격증까지 준비해 볼 생각 없나요?"
"생각을 아예 안 한 건 아니에요. 하지만 아직은 좀더 배우고 해야 할 거 같아서요."
"언젠가 이런 식당을 여는 게 꿈이랬죠? 자격증을 딴다면 지금보다 더 빨리 꿈에 다가갈 수 있을 거예요. 지금 미로 씨는 충분히 그 준비 기간을 지났다고 봐요. 그리고 이렇게 해야 더 많은 배움의 세계로 들어갈 수 있어요."
"……그럴까요?"
그녀가 조금 흥분된 목소리로 물었다. 엄두가 안 날 정도는 아니지만 그렇다고 쉽게 결정할 일도 아니었다.
"저도 식당을 차리겠다고 고군분투했을 때 당시 사장님이 해준 이 말 덕분에 여기까지 오게 됐어요. 최근 몇 달간 미로 씨를 지켜보면서 저 또한 이 말을 미로 씨한테 해주면 좋겠다는 생각이 들더라고요. 급하게 결정할 필요는 없으니 시간이 두고 한번 천천히 고민해 봐요."

그 말을 들으니 맘속에 작은 희망 하나가 불씨처럼 피어났다. 어쩌면, 하는 생각은 점차 현실이 될지도 모른다는 기대감으로 타올랐다. 더 고민할 거리도 없이 그녀는 되물었다.
"제가 과연 해낼 수 있을까요?"
"물론이죠. 저도 그렇고 주방장도 그렇고 미로 씨라면 충분히 가능하다고 생각해요."
주인은 그 말을 하며 곁눈질로 뒤를 한번 보라는 시늉을 했다. 뒤돌아보니 언제 왔는지 주방장이 그녀 뒤에서 소리 없이 빙긋 웃고 있었다.
"원한다면 저희가 많이 도와줄게요."
두 사람의 얼굴을 번갈아 바라보니 진심이란 걸 알 수 있었다. 그녀는 이루 말할 수 없는 기쁨이 차올라 자리에서 벌떡 일어나 허리를 깊게 굽히며 감사 인사를 했다. 머릿속으로는 그의 앞에 벌써 다가간 것 같은 희미한 예감마저 감돌았다.

*

컴퓨터 화면 앞에 앉은 그는 두근대는 마음으로 최종 합격자 명단 공시를 클릭했다. 숨소리조차 죽이며 마우스 휠을 돌려 모니터 화면 아래로 천천히 내려갔다. 그러다 멈췄다. 있다. 그의 수험번호가 있다. 두 눈을 껌뻑껌뻑하며 재차 확인해 봐도 자신의 수험번호가 분명하다.
핸드폰이 울렸다. 스터디그룹에서 함께 공부한 정민 씨다. 통화 버튼을 누르자 희열에 들떠 목청껏 내지르는 소리가 들려왔다.

"경우 씨, 우리 합격이에요. 합격."

그도 가슴 벅차게 차오르는 기쁨에 눈물을 글썽이며 말했다.

"그러게요. 우리 합격이네요."

기쁨이 철철 넘치는 웃음이 함께 터져 나왔다.

"하하하. 우리 함께 노력한 보람이 있네요."

"저는 정말 정석 씨 없었으면 힘들었을 거예요."

"뭘요. 경우 씨가 그만큼 노력했기 때문이죠. 우리 있다가 저녁에 한잔합시다."

"네. 그럼 있다 저녁에 봐요. 제가 전화할게요."

전화를 끊고 나니, 정민 씨에 대한 고마운 마음이 더욱 북받쳐 올랐다. 처음 스터디그룹에 나갔을 때부터 그의 공부를 시종일관 챙겨준 너무도 고마운 사람. 그보다 나이가 2살이 더 많고, 공무원 시험을 준비한 지는 이보다 더 많은 5년째라고 했다.

그간 그가 독학으로 막연하게 준비했다면, 이 사람을 만나면서 어떤 식으로 준비해야 하는지, 출제 경향이라든지 특징을 더욱 쉽고 빠르게 파악할 수 있었다. 처음 만난 사람이자 경쟁 관계이기도 한 상대에게 어쩜 그토록 친절을 베풀 수 있는지. 가슴 깊이 동경과 고마움이 동시에 차올랐다. 저녁에 그를 만나면, 더욱 진심으로 고마움을 표현해야겠다는 생각이 든다.

다시 핸드폰이 울렸다. 이번에 전화를 건 건 한참 동안 연락을 안 하고 지낸 민석이었다.

"여보세요. 민석이냐?"

"야, 하경우. 너 뭐냐?"

"응? 뭐라고?"

"아니 왜 이제야 통화가 되는 거냐고? 내가 얼마나 많이 전화했는지 알아?"

민석이 볼멘소리로 연신 투덜댔다.

"하하. 잘 지내고 있었지? 그냥 좀 집중하느라고 그랬어. 회사는 잘 다니고 있고?"

"나야 그렇지 뭘. 별일 없었다면 다행이고. 우리 언제 한번 봐야지?"

"어, 그렇지."

"이번 주 토요일에 동기 모임 한다는데, 그럼, 그날 보자. 저녁 7시 학교 후문에 있는 바이탈 호프집이야. 올 수 있지?"

"어, 어……. 아니, 아니야. 그날은 못 가."

그는 아무 생각 없이 말을 뱉었다가 다시 말을 거둬들이려 했다. 그녀가 나올지도 몰랐기 때문이다. 아직 그를 만날 생각이 없는데, 보게 된다면 크게 당황할지도 모를 일이었다. 그는 다시 한번 민석에게 그날 못 간다는 사실을 분명히 했다.

"아니, 왜? 무슨 일이 있길래 그래?"

"아니, 그런 건 아니고."

"그럼 나와. 나도 오랜만에 나가는 거란 말이야."

"아니야. 다른 날이 좋겠어."

"야야, 그러지 말고 오랜만에 동기들이랑 같이 보자. 이번에 가면 내 여친도 소개해 줄게."

"여친?"

그는 문득 궁금해졌다. 민석이 허락한다면 묻고 싶어졌다.

미로와는 어떻게 된 건지, 최근 연락을 한 적이 있는지를 말이다. 그러다 그만뒀다.
"누군데? 혹시 내가 아는 사람이야?"
"아는 사람은 무슨. 그날 와서 봐."
그의 마음이 다시 스르륵 열렸다. 그래, 어쩌면 그녀도 지금쯤이면 스스럼없이 동기 모임에 나올지도 몰라, 하는 생각이 들었다. 비록 그녀가 그를 영영 떠난 마음이라 할지라도, 그녀를 다시 볼 수 있을 거란 작은 기대가 주는 기쁨이 더 컸다. 그녀가 느낄 불편함은 아랑곳하지 않기로 했다.
"알았어. 나가도록 할게."
주말 약속 시각까지 시간을 어떻게 흘려보냈는지 모르겠다. 그는 설렘 반 기대 반으로 호프집으로 들어갔다. 멀뚱거리며 들어서는 그를 향해 누군가 손을 힘껏 뻗쳐 올리며 불렀다. 민석이었다. 그러자 옆에 있던 동기들도 일제를 그를 향해 돌아보며 반겼다.
"이야, 이게 몇 년 만이야."
"그러게. 다들 잘 지냈지?"
그는 동기들과 인사를 나눈 뒤 민석과는 부러 거리가 좀 떨어진 자리를 골라 앉았다. 그래야만 혹여 그녀가 그를 보게 되더라도 다가와 줄 것 같은 한 줄기 희망 때문이었다. 그리곤 무심한 척 그녀가 있는지를 재빨리 훑었다. 그녀는 아직 오지 않은 것인지 보이지 않았다.
그런 그의 뒤로 민석이 다가와 "왜 이렇게 멀리 앉았어?" 한다. 돌아보니 옆에 도도하면서도 새침한 표정으로 서 있는 여성과 함께였다. 그런데 왠지 모르게 미로의 얼굴이 겹쳐 보였다.

"인사해. 내 여자 친구야."

그는 자리에서 일어나 허리를 90도로 숙이며 인사했다. 여성은 보기와 달리 쭈뼛거리면서도 정성스럽게 인사를 받아주었다.

그렇게 민석은 한 바퀴 돌며 동기들에게 여친을 소개시키고는 다시 제자리로 돌아갔다. 그리고 얼마 안 있어 그의 곁으로 자리를 옮겨왔다. 여친은 먼저 집으로 돌려보냈다고 했다.

"그동안 어떻게 지낸 거야? 1년이 넘도록 연락도 없고 어쩜 그럴 수 있냐?"

"미안해. 집안에 사정이 생긴 데다가 여행 좀 다녀오느라고 그랬어. 좀 정리되면 전화한다는 게 이렇게 길어졌네."

"그랬구나. 회사는 어디 다니고?"

"회사는 아니고 공무원 하려고. 넌, 회사는 다닐 만해?"

그는 공무원 시험에 최종 합격했다는 얘기를 에둘러서 말하곤, 대신 민석의 자만심을 세워줄 질문으로 돌려세웠다. 민석이 알면 나서서 설칠 게 뻔해 지금으로선 그에게로 주목되는 동기들의 시선을 더더욱 피하고 싶었다.

"말도 마. 정말 힘들다 힘들어. 대기업이라 부득이하게 버틴다, 버텨."

"하하. 쉬운 일이 어디 있겠어."

"그나저나 아까 내 여자 친구 어떻든?"

"너랑 잘 어울려 보였어. 어떻게 만난 거야?"

"하하. 회사에서 나보다 선밴데 나한테 한눈에 반했다는 거 아냐. 보기와 달리 솔직하고 순수한 면이 있어서 참 좋아. 만난 지 얼마 안 됐는데 결혼까지 생각도 들고 그래."

민석은 눈을 찡긋하며 의미심장한 표정을 지어 보였다. 그러고는 곧 다른 동기들이 있는 자리로 옮겨갔다. 그래, 미로와는 이제 완전 남인 거야. 그는 민석과는 더는 엮일 걱정은 없을 거란 생각에 심히 안도가 들었다.

이어 그도 마주한 동기들과 오랜만에 술잔을 편히 주고받으며 이런저런 얘기를 나눴다. 처음 하는 질문은 공통되게 그동안 어떻게 지냈냐 하는 것이었다. 이 이야기를 나누면서 처음으로 알게 된 건 동기들도 그와 마찬가지로 지금껏 진로 문제를 겪어왔고 지금도 여전히 진행형이라는 것. 개중엔 이루 말할 수 없는 좌절감으로 한동안 집 밖으로 나갈 수 없었다는 동기도 있었다. 진로든 취업이든 어느 정도 해결한 동기의 경우엔 직장에서 선후배 문제, 세대 갈등, 성과 압박 등 다양한 고민을 안고 있었다. 어떤 경우든 살아가는 데 있어 다양한 난제가 끼어들기 마련이라는 것이 결론이었다. 모처럼 동기들과 허심탄회하게 나눈 대화에 분위기는 무르익어 갔다.

하지만 이런 깊이 있는 이야기를 나누는 동안에도 그의 눈과 귀는 그녀에 관한 얘기를 좇는 것을 멈추지 않았다. 문득 그녀에 관한 얘기가 아닐까 하는 소리가 들려오면 스피커의 볼륨을 조절하듯 다른 소리는 정적에 가두기 일쑤였다. 그리해서 들은 내용이라곤 어디 편의점에서 아르바이트를 한다는 거였다. 이 또한 게네들이 들은 뜬소문일 뿐이기에 믿을 것은 못 됐다.

결국 동기들이 해산할 무렵까지도 그녀는 나타나질 않아 아쉬운 마음을 달래며 돌아설 수밖에 없었다. 그의 어깨가 한없이 처졌다. 그녀가 찾아올 때까지 이렇게 무작정 기다리

기만 하는 것이 맞는 것인지, 아니면 그가 적극적으로 찾아 나서야 하는 게 맞는 것인지……. 이도 저도 아닌, 그가 싫어진 그녀가 영영 떠난 것이라면……. 한동안 잊고 지낸 그녀를 향한 그리움이 치근덕대며 그를 쫓아왔다.

휘청이는 발걸음으로 그는 어딘가를 걸었다. 어지럽던 정신에서 헤어나와 고개를 반쯤 들었을 땐, 그가 나르시시즘이 필요할 때 가끔 들리곤 했던 올리브 식당이 올려다보였다. 몸이 기억했던 모양이다. 그가 지금 조금은 허영에 사로잡힌 자기애가 필요하단 것을.

불 켜진 환한 식당이 그를 향해 반갑다며 어서 오라고 손짓하는 듯했다. 이미 배는 술과 갖가지 안주들로 가득 차 있건만. 배를 쓰다듬으며 그는 그만 발길을 자기의식대로 이끌고자 했다.

그런데 웬일인지 두 다리가 꼼짝도 하지 않았다. 바닥에서 한 발을 억지로 떼려 하면 할수록 몸은 균형을 잃고 휘청거렸다. 무언가에 홀린 것처럼 그의 두 눈이 다시 식당 창문으로 향했다.

순간 그의 마음은 눈 녹듯 흘러내리고 몸은 차디찬 얼음처럼 그 자리에 그대로 굳어 버렸다. 창문 너머로 그녀가 보인 것이다. 그 어떤 분위기도 읽히지 않는 표정과 몸짓으로 식당에서 서빙하는 그녀가 보였다. 희끗희끗 보이긴 하나 분명 그녀가 맞다. 그녀가 저기 있다니, 보고도 믿기지 않을 정도였다.

그는 흥분으로 뒤끓는 가슴을 진정시키려 근처 편의점 앞 의자에 앉았다. 술은 어느 정도 깼는데 다리가 휘청거려 도저히 서 있을 수 없었다. 게다가 머릿속은 수만 가지 생각으

로 복잡해졌다. 어찌할 것인가. 그녀를 지금 바로 찾아간단 말인가, 아니면 그냥 모른 척하고 넘어간단 말인가. 혹 지금 그녀를 찾아간다면 그를 밀쳐낼 것인가, 아니면 그리웠던 마음만큼 그를 안아줄 것인가. 단 두 가지 선택지를 두고 고르고자 하는데도 쉽지가 않았다.

하지만 단 한 가지는 확신하게 됐다. 그녀가 떠난 것이 그가 싫어서는 아니라는 것. 그녀가 지금 있는 식당은 그가 처음으로 그녀를 데리고 간 곳이다. 그가 언제고 한번은 들릴 수 있는 식당이란 말이다. 그런 곳에 그녀가 있다. 그녀가 언제부터, 무엇 때문에, 왜 저기서 일하고 있는지는 모르겠으나 어렴풋이나마 짐작할 수 있는 건 그녀 또한 그와의 연결고리를 거기에서 찾고 있을 수 있다는 거다.

그는 실낱같은 희망을 안고 그녀에게 쪽지를 남기기로 했다. 그 어떤 질문도 이젠 필요 없었다. 대신 그의 집 주소가 적힌 쪽지를 식당 문틈 사이로 밀어 넣었다. 다음 말과 함께.

'토요일 오후 5시, 버스정류장에서 널 항상 기다릴게.'

재회

*

  누빔 솜 같은 먼지가 내려앉은 거울을 닦으며 그는 오랜만에 자신의 행색을 살폈다. 얼마 만인가. 자기 얼굴을 이렇게 뚫어져라 제대로 바라본 게……. 그녀가 그렇게 떠난 지도 벌써 3년째다. 그 사이 자신조차 낯설게 느껴지는 그가 거울 앞에 당당히 서 있다. 불과 4년 전만 하더라도 도시에 살며 없던 부심도 부지런히 만들어냈을 그였겠지만, 지금 그는 제 영역을 제대로 찾아 싹을 내미는 이삭 같다. 뭔가를 일구겠다는 의욕으로 이글거리는 눈동자, 구릿빛으로 탄 피부, 꺼슬꺼슬한 턱수염, 억세고 단단해진 몸, 어느 것 하나 흠잡을 데가 없다 싶다. 오늘따라 아침 햇살은 유난히 뜨겁다.
  주말 아침, 느지감치 일어난 그는 세안 후 양계장으로 갔다. 안으로 들어가니 어머니가 이미 한 바퀴 돌며 모이통을 가득 채워두신 상태였다. 그는 뭐 달리 부족한 게 없는지 볏짚을 뒤집어가며 한 번 더 꼼꼼히 살폈다.

앞서 그는 닭장수에게 아버지의 애달픈 흔적이라 치며 이 모두를 팔아치우고 말았지만, 여행에서 돌아오고 며칠 지나 보니 웬일인지 닭장 안에 닭들이 그대로 있었다. 알고 보니 닭장수가 사는 시늉만 하고 어머니는 또 돈을 그대로 돌려주셨다고 한다. 오랫동안 알고 지낸 아버지와의 인연 덕에 닭을 지켜낼 수 있었던 것이다.

고맙고도 미안한 마음에 그는 뒷늦게나마 닭장수를 찾아가 감사를 표했고, 이후 닭들을 더욱 정성껏 돌봐오고 있다. 다행히 무심한 기로에서도 아버지의 열과 성의 덕분인지 깃털이 번드르르 윤이 났다. 도망가는 속도는 또 어찌나 빠른지 원.

키득키득 웃으며 그는 방사장을 지나 후미에서 이어지는 뒷산 올리브농장으로 향했다. 올리브농장이라고 해봤자 사과농장 한쪽에 비탈진 언덕을 깎아 만든, 작은 운동장만 한 넓이의 비닐하우스 한 동이 다였다.

하우스 문을 여니, 여긴 또 언제 오셨는지 어머니가 아침 일찍부터 땀을 흘리고 계셨다. 뭔가 새로운 일을 시작한 데서 위안과 힘을 얻으신 어머니는 오늘도 표정이 무척 밝으셨다. 이를 본 그의 얼굴에도 흡족한 미소가 피어올랐다. 그가 보낸 올리브나무 씨앗을 이곳에 심으신 어머니. 이곳에선 아버지 산소도 바로 한눈에 들어왔다.

그는 하우스 안은 잠시 후 들어가기로 하고 사과나무를 먼저 돌보기로 했다. 한동안 제대로 된 살핌을 받지 못해 꺼슬꺼슬한 줄기를 드리운 채 있는 과수들을 그는 다시 제대로 된 역할을 해낼 수 있게 하려고 노력해 오던 터였다. 다행히 어머니가 가끔 돌봐오신 덕에 과수 몇 그루에 생명은 붙어있

었다. 그는 고사한 나무들은 굴삭기로 뽑아내고, 우후죽순처럼 자란 풀은 한차례 예치기와 로터리 경운기로 갈아 없앴다. 그리하여 이제 원목은 제대로 된 모습을 보이지만, 언제 다시 제대로 된 열매를 맺을지는 알 수 없었다.

이를 간절한 눈빛으로 바라보며 그는 뿌리 소독을 위해 곡괭이로 군데군데 구덩이를 팠다. 그런 다음 퇴비도 줄 생각이었다.

괭이질 소리에 그가 온 걸 아셨는지 어머니가 하우스 문을 열고 내다보셨다. 그런데 아주 오랜만에 득의 한 표정을 지으시고는 다급한 목소리로 그를 부르셨다.

"경우야, 얼른 들어와서 저거 한번 봐 봐라."

"왜, 무슨 일인데요?"

그는 괭이질을 멈추고 어머니를 따라 하우스 안으로 들어갔다. 어머니는 손가락 끝으로 올리브나무를 가리키시며 말씀하셨다.

"야야, 이것은 삽목해야 그나마 3년 지나 열매가 달린다더라. 그런데 그 나무 한 그루는 뭐가 맞지 않았던지 며칠 지나 시들해져서는 죽어버렸잖아. 그런데 요놈 씨앗들이 이만큼 자라서는 열매를 맺었네그려."

"정말이에요, 어머니?"

"그럼, 참말이지. 내가 실없는 소리를 하겠나. 봐봐."

가까이 다가가 보니 정말이었다. 몇 알 되지 않지만, 포도알 크기만 한 보라색 열매가 군데군데 달려 있었다. 그것도 한 그루가 아닌 대부분에 열려 있었다. 그는 너무나 신기해서 아이처럼 눈을 뗄 줄 몰랐다. 그러다 불현듯 이것을 동영상으로 담아야겠다는 생각이 일었다. 감격에 겨운 이 순간을

시작으로 널리 공유하면 좋겠다는 생각이 든 것이다.

  작업을 마치고 돌아온 그는 책상 앞에 앉아 동영상을 편집하는 방법에 대해 알아보기 시작했다. 정보가 넘쳐나는 인터넷상에서 자료를 찾기란 쉬웠다. 얼마간의 정보를 습득 후 그는 여러 번에 걸쳐 찍은 영상을 잘랐다 붙였다, 요리조리 느낌이 가는 대로 완성해 나갔다.

  그러다 점심때가 다 됐는지 어머니가 "점심 먹어야지?" 하셨다. "네, 다 끝나가요. 금방 나갈게요." 그는 영상을 서툰 솜씨지만 서둘러 완성해 내고는 거실로 나갔다. 어머니는 당신의 건강은 뒷전이면서도 주말 없이 일하는 아들이 걱정됐는지 "내일 군청으로 출근하려면 이젠 좀 쉬어야지" 하신다.

  점심을 먹고 난 후 어머니는 마실을 가셨고, 그는 대청마루에 누워 꾸벅꾸벅 졸곤 했다. 이따금 구름이 해를 가리면 마당으로 난 창문을 열고 선산을 쳐다봤다. 어렸을 때부터 일상적으로 해온 일이지만, 이젠 이 일이 누군가 볼 때면 아버지가 그리워 바라보고 선 모습이 됐다. 그렇다고 이를 의식해 습관을 바꿀 필요는 없다고 생각했다. 굳이 자신이 아버지가 그리워 그런 것이 아니더라도 아버진 언제나 그를 내려다볼 수 있을 테니까.

  오후 4시가 넘어가자 붉게 타올랐던 들녘이 가쁜 숨을 내쉬고, 저 멀리 새롭게 들어선 교회에서 아카펠라가 울려 퍼졌다. 때가 되어 현관문을 나서려는데 며칠 전 왔던 이웃집 젊은 내외가 또다시 찾아왔다. 보아하니 어제 또 한바탕 싸웠는지, 서로 쳐다보지는 않으면서 묵직한 성조로 함께 교회에 갈 것을 권했다.

  "경우 씨, 이제 좀 가자. 우리 함께 가서 기도합시다."

"그래 맞아, 경우 씨. 믿고 기도하는 자에게 하나님은 무한한 사랑을 베푼답니다."
"하하. 다음에요. 지금은 또 어딜 좀 가봐야 해서요."
그는 이들의 설득에 아랑곳하지 않고 싱겁게 웃어넘기고는, 챙이 넓은 모자를 챙겨 들고 밖으로 나갔다. 그의 모습 뒤로 솟구치듯 길게 뻗은 그림자만이 서둘러 그와의 보폭을 좁혀나갔다. 그의 그림자가 완전히 사라질 때까지도 그들은 문 앞에 서 있었다.
마을 어귀에 세워둔 차를 몰고 그가 향한 곳은 버스정류장이다. 언제부턴가 여행객들로 분산해진 이곳을 그는 매주 같은 시간에 들리고 있다. 그리고 한동안 주변을 어슬렁거리며 혹시 그녀가 보일까, 두 눈을 크게 뜨고 두리번거렸다. 얼마나 오랫동안 이 자리를 지켜왔는지 자동차 루프와 보닛은 지친 매연을 뿜어냈다. 그 모습을 측은히 여긴 그는 오늘도 그녀가 찾아올 거란 기대를 접고, 다시 운전대를 잡아 집에서 가장 가까운 해안으로 달려갔다. 오랜만에 바닷바람에 머리를 식힌 후 집으로 돌아가자 싶었다.
해안가에 도착하자 낮 동안 활짝 폈을 갯메꽃이 해안 절벽을 따라 수줍게 입을 여미는 모습이 펼쳐졌다. 철이 지나도 한참 지났건만 이젠 사시사철 꽃을 피우는 녀석들이다. 그가 차에서 내려 한 발짝 더 다가서자, 꽃은 마치 그가 오길 기다렸다는 듯 일제히 몸을 떨며 인사했다. 제철 모르고 핀 데서 오는 안타까움은 이젠 옛말, 올 때마다 반겨주는 이 녀석들이 이젠 더 없이 고맙고 감사하다.
그는 바닷바람이 시원하게 불어오는 모래사장에 벌러덩 누워 포르투의 잿빛 하늘처럼 구름이 뒤덮인 하늘을 지그시 바

라봤다. 그러자 그녀와 함께한 아련한 추억들이 구름 위로 어른거렸다. 이젠 그녀를 기약 없이 기다리는 데 익숙하고, 그렇게 기다리는 것이 전혀 고통스럽지 않다고 생각했건만, 지난 추억이 떠오르자 가슴이 다시 저며 왔다.

그는 그만 모래를 털어내고 일어났다. 그렇게 잠시 있었는데도 다시 집으로 돌아가야겠다는 생각이 들었을 때는 이미 꽤 늦은 저녁 시간이 되어 있었다.

그는 다시 차를 반대 방향으로 돌렸다. 평소와 달리 늦어지는 그의 귀가에 근심하고 계실 어머니를 생각해 속도를 냈다.

다시 사람들이 들끓고 가게들이 즐비한 마을버스 정류장이 보였다. 그는 늦었으니 그냥 지나칠까 하다가 오랜만에 어머니가 좋아하시는 치킨 한 마리를 사 들고 가자는 생각이 들어 속도를 줄였다. 이윽고 정류장 주변을 가득 메운 간판들 사이 익숙한 치킨집이 보이자 그 앞에 차를 댔다.

가게 안으로 들어서니 윤 사장 부부가 오랜만에 찾아준 그를 무척이나 반겼다. 시골 마을의 토박이와 다름없는 이 두 사람은 사실 그와 같은 중학교를 나온 동창생으로, 가정 형편이 안 돼 일찍이 대학 가기를 포기하고 이곳에서 10년 가까이 치킨집을 운영해 오고 있다. 시골에서 유일무이한 치킨집이기도 했다. 그런 만큼 단골손님도 많고, 마을에 떠도는 소문이라든가 새로운 소식도 누구보다 빨리 알았다. 마치 복덕방 같은 역할을 하는 곳이었다.

치킨이 다 튀겨져 나올 때까지 서서 기다리는 그에게 윤 사장은 잠깐이라도 앉으라고 했다. 그러면서 재빨리 뻥튀기 한 접시와 치킨 무를 서비스로 내왔다. 하는 수 없이 그는

기분 전환 겸 잠시 수다나 떨고 가야겠다는 생각에 빈자리 아무 데고 앉았다. 그런 그의 앞으로 윤 사장이 성글성글하게 웃으며 다가와 앉더니 보따리를 풀 듯 먼저 물었다.
"직장도 탄탄하고 얼굴도 뭐 그만하면 됐는데 결혼은 언제 할 생각이고?"
"만나는 여자가 있어야 하지. 하하."
"음. 소문에 의하면 기다리는 처자가 있다고 하던데?"
그가 농담 반 진담 반처럼 흘린 말을 어디서 주워 들은 모양이다.
"누가 그런 쓸데없는 소리를 하더노?"
"아니가? 아니면 말고. 하하."
분위기가 살짝 진중해지자 그는 아무렇지 않은 듯 뻥튀기를 집어 먹으며 말했다.
"요즘 뭐 새로운 소식 들리는 건 없나?"
"맞다. 그거 들었나? 흑석마을에 바나나농장이 하나 커다랗게 들어섰다더라."
"아, 거긴 지나가다 한 번 봤다. 농장 부지가 크긴 크데."
"카, 그렇나? 수입만 하던 바나나라니, 그것도 그렇게 크게 말이야."
"우리나라도 이젠 아열대 작물 재배 면적이 늘어나고 있는 거지. 기후 변화가 가져온 기회 아니겠나."
"거긴 농진청이랑 군청에서 투자받는다는 거 같던데, 너는?"
"난 농기원 연구원님이랑 계속 연락 중이다. 알고 봤더니 전남에서도 올리브를 재배하는 농가들이 있더라고. 거기랑도 교류하고 있고."

"잘 되면 좋겠네. 참, 승산마을에 태연이 알지? 학교 다닐 때 너 좋아했던 애. 얼마 전에 아예 내려왔다던데."

"그래? 왜 내려왔데?"

"자세히는 안 물어봤다. 우선은 뭐 그냥 고향이 그리워서 내려온 거로 생각해야지."

"……."

"아, 맞다. 여기 최근에 음식점 하나가 새로 생겼다던데 거기 한 번 가 봐라. 이 길 끝에 있다. 사장이 우리 나이 정도 돼 보이는 젊은 여잔데, 보고 반할지도 모른대이."

"그래? 무슨 음식을 파는데?"

"올리브라 했나 샐러드라 했나 암튼 그 비슷한 요리를 판다는 거 같더라."

"올리브……?"

마침 주문한 치킨이 나와 그는 가게를 나왔다. 그런 그의 발걸음은 차가 아닌 마치 자석과 같은 강한 이끌림으로 그 길의 끝을 향해 나아갔다.

곧 가게 앞에 다다라, 그는 설마 하면서도 또다시 기대를 지우지 못한 눈빛으로 가게 안을 들여다봤다. 그리고 역시 그녀가 아니란 걸 확인하고 다시 차가 있는 곳으로 몸을 돌렸다. 돌아서 가는 그의 눈은 슬프다 못해 점점 차갑게 식어갔다.

그때다. 그를 부르는 익숙한 목소리가 들린 건. 그 소리는 점점 더 가까이 그리고 더욱 또렷하게 들려왔다. 소리가 들리는 곳으로 고개를 돌리자, 가게 문을 열고 그를 향해 엷은 미소를 띠는 그녀가 보였다. 그녀가 그를 향해 천천히 그리고 점점 빠르게 달려왔다. 미로가 돌아왔다.

| 작가의 말 |

귀로

 각박한 세상에 사회 일원으로서 당당히 제 역할을 보이려고 발버둥 치는 젊은이들이 숱하다. 학업을 채 마치기도 전에 취업 전선을 준비하고, 직장에 무사히 발을 들여놓고선 또 이내 각가지 경쟁 분위기에서 자투리 시간을 이용해 자격증이니 기술교육이니 받으러 다니며 뒤처지지 않으려 애를 쓴다.
 문제는 이마저도 안 돼 아르바이트로 생활비를 충당하고 월세방·고시원 등을 전전하며 언젠가 될 거란 희망을 부여잡고 살아가는 청년들이 많다는 사실이다. 그 과정에서 좌절을 견디지 못해 어쩔 수 없이 은둔 생활을 자처하는 청년들도 해마다 늘어나고 있다. 이들은 하다 하다 취업을 포기하고 부모에게 얹혀사는 캥거루족, 니트족, 급기야 자신의 방에서 온종일을 보내는 구석방 폐인족으로 돌아서고 만다. 오늘날 청년 거지는 이렇게 탄생했다.
 언젠가 KBS 개그콘서트에서 허경환이 꽃거지 콘셉트로 출연해 대중들에게 많은 웃음을 안겨줬다. 거지여도 꽃거지가 낫다는 단순한 콘셉트에서 출발했을 수도 있겠으나 한편으론

이렇게도 접근된다. 허울이 멀쩡한데 거지라니. 겨우 자존심 하나는 남아 있어서 무엇이든 자신이 제공한 것에 대한 대가 500원을 요구하는 장면은 어처구니없는 웃음을 유발한다.
 또 다른 시사점도 얻을 수 있다. 화려한 도심을 벗어나 자신이 할 만한 다른 시도는 해 보지조차 않는 것에 대한 질책도 담겼다고 볼 수 있다.
 목표 달성에 대한 뚜렷한 의지가 있고 열심히 노력한다면 못해낼 일 없겠기에 충분히 박수로 격려받을 만한 일이다. 하지만 운도 따라줘야 한다는 말이 있듯 시간이 아무리 지나도 보상이 따라주지 않는다면 서둘러 제 갈 길을 다시 점검하여 되돌아 나가거나 새로운 길을 개척해 나갈 필요가 있다. 본 소설은 여기에서 출발했다. 이야기 속 주인공은 그런 '어떤 경우'와 '어떤 미로'에 해당한다.
 다음으로 착안한 것은 수도권에선 인구과밀과 이런 청년 거지조차 탄생하는 현실인데, 농촌에선 일손 부족에 초고령 사회로 접어들고 있다는 점이다.
 다행히 최근 일부 농촌에선 아주 작은 기류이긴 하나 청년 농부가 탄생하고 있다. 물론 이들이 도시 생활에서 좌초한 꽃거지란 말은 아니다. 이들은 순전히 농촌이 좋아, 농촌에서 새로운 기회를 발견하고 도전적인 삶을 일궈가는 미래 청년 지도자들이다. 이들은 도시의 여느 젊은이들과 마찬가지로 자신의 일상을 소셜미디어를 통해 공유하며 도전적인 삶을 일궈 간다.
 하지만 여전히 대다수 사람은 농촌은 들인 수고 대비 수익 창출이 적고, 문화생활과는 담을 쌓고 살아야 하는 곳으로 인식한다. 그렇기에 청년들의 관심 밖에 있다고 해도 과언이

아니다.

  농촌의 부흥을 위해서라도 기회는 농촌에서 찾을 수도 있다고, 농촌에 꿈이 있다고, 농촌에 희망이 있고 우리의 미래가 있다는 것을 말하고 싶었다.

  농사일이 꼭 주업이 아니어도 된다. 과거와 달리 한 사람에게 다양한 역할이 요구되어 지는 요즘, 우리가 하는 일 대다수가 옵션과도 같다. 경기난에 투잡·쓰리잡·부업 등이 큰 인기를 끌고 있는데, 그렇듯 농사일이든 뭐든 자신이 할 만한 다른 일을 찾아서 하다 보면 언젠가 반드시 쓸모 있을 날이 올 것이다. 지금 당장 텃밭에 상추씨를 뿌려도 한 달이면 싹이 나고 두세 달이면 무성한 상춧잎이 돋아나는 효과와 같다.

  위기 속에 새로운 기회가 탄생한다는 말이 있듯이 조금 느리더라도 희망의 씨앗을 뿌리라고 말하고 싶다. 특히 땅은 아무리 적은 노력이라도 반드시 보상을 해주니까. 그리고 언젠가 우리 모두 돌아갈 곳이기도 하니까.

  마음을 되짚으면 지금 내가 하고 있는 일, 앞으로 해나갈 일 그리고 사랑까지도 그 모든 근원이 어디에서 출발했는지 발견하게 된다. 그 과정에서 가족·연인·친구 등 연결된 사람들과 서로를 미장하는 데서 찾게 되는 역할을 통해 지금보다 더 큰 행복도 안아가길 바란다.

2024년 2월
소홍진

리디아플랜 소설집
어떤 경우, 어떤 미로
ⓒ 소홍진 2024

초판 발행 2024년 2월 14일

지은이 소홍진
펴낸이 이미진
펴낸곳 리디아플랜

등록 2023년 5월 1일 제409-2023-000037호
주소 경기도 김포시 김포한강8로 377
전화 070-8080-1804
이메일 arumnews@naver.com
홈페이지 leadiaplan.modoo.at

ISBN 979-11-984062-4-8 (13810)

- 이 책의 판권은 지은이와 리디아플랜에 있습니다.
- 이 책 내용의 전부 또는 일부를 재사용하려면 반드시 저작권자의 동의를 받아야 합니다.
- 전자책은 구동되는 단말기나 전자책 뷰어의 성능 등에 따라 다르게 보일 수 있습니다.
- 본 책에는 한국출판인회의에서 제공하는 Kopub 서체가 사용됐습니다.